毛姆
东南亚游记

W.Somerset Maugham

[英] 毛 姆——著　　周成林——译

四川文艺出版社

图书在版编目（CIP）数据

毛姆东南亚游记 /（英）威廉·萨默塞特·毛姆著 ; 周成林译. — 成都 : 四川文艺出版社, 2021.1（2021.8重印）
ISBN 978-7-5411-5803-2

Ⅰ. ①毛… Ⅱ. ①威… ②周… Ⅲ. ①游记—作品集—英国—现代 Ⅳ. ①I561.65

中国版本图书馆CIP数据核字（2020）第195221号

MAOMUDONGNANYAYOUJI
毛姆东南亚游记

（英）威廉·萨默塞特·毛姆　著　　周成林　译

出 品 人　　张庆宁
责任编辑　　张亮亮
封面设计　　梁　霞
内文设计　　史小燕
责任校对　　段　敏
责任印制　　崔　娜

出版发行　　四川文艺出版社（成都市槐树街2号）
网　　址　　www.scwys.com
电　　话　　028-86259287（发行部）　　028-86259303（编辑部）
传　　真　　028-86259306

邮购地址　　成都市槐树街2号四川文艺出版社邮购部　　610031
排　　版　　四川最近文化传播有限公司
印　　刷　　四川华龙印务有限公司
成品尺寸　　125mm×185mm　　　开　　本　　32开
印　　张　　8.5　　　　　　　　　字　　数　　150千
版　　次　　2021年1月第一版　　印　　次　　2021年8月第二次印刷
书　　号　　ISBN 978-7-5411-5803-2
定　　价　　45.00元

目 录

序　言

　　小说家间或不写小说让自己歇口气，我以为很好。每年写部小说，如很多作家必须所为，以谋一年生计，或因害怕自己若是保持沉默要被忘却，可谓一桩闷事。他们的想象力无论怎样丰富，心中未必总有一个急需表达的主题让他们不得不写；他们也不太可能塑造自己未曾用过的鲜活人物。他们若是有说书人的天赋并谙熟自己的技艺，或许写得出一篇令人满意的小说，但除此以外的东西只有靠运气。作家创作的每一部作品都应该是他精神奇遇的记录。这不可能做到。职业作家不能指望总是跟随这一目标，他必须时常安于写一篇技巧娴熟之作的较小业绩；不过，他心有此念却很好。人性的变化虽然无穷无尽，所以作家塑造人物可能从来不需要模型，但他只能处理合乎自己性情的那一部分。他替人物设身处地，但有些他不能涉足。对他来说，有些人太陌生，他把握不住。他描写他们是从外着手，观察与同情分离，鲜能塑造栩栩如生的人物。是以小说家倾向于复制同一类型：他们精明更换笔下人物的性别、身份、年龄和外貌，但你要是近观，就会发现他们乃改头换面的同一组人物。确实，小说家愈了不起，愈能塑造更多人物，但即使最伟大的小说家，这一数目也受制于他的个人局限。只有一种方法令他多少能够应付困境：他可以改变自我。这里，时间是主要因素。能够等到自身产生这一变化的作家很幸运，即他能以新鲜与独特眼光来观察眼前事物。他是变量，变化中的数量赋予他视为等同的符号以变更的数值。但在某一条件下，场景变化也有很大作用。我知道有些作家做冒险之旅，但随身带着他们伦敦的房子，他们的一众朋友，他们的英国趣味与名望；待到返家，他们惊觉自己与出发之时全然相同。如此这般，一位作家是不能得益于旅行的。作家启程旅行，必须留下的一人就是他自己。

本书不像《在中国屏风上》乃意外所获。书中记述的旅行为我所愿，但我起初就有意将之成书。《在中国屏风上》我写得开心。同类题材我想再试手艺，但规模要更精细，并采用一种我能赋予明确模式的形式。这是风格的演练。一部小说中，风格必然要受事件影响，单一文风几乎行不通。心理描写的表达方式有别于事件叙述；而对白，至少应予人谈话正在进行的合理印象，必得摒除一成不变的效果。悲剧段落的文风也有别于喜剧段落。有的时候，你的叙述需用对话方式，随意使用俚语甚至有意为之的粗疏之言；别的时候，又要求使用你所能为的堂皇文句。结果肯定是锅大杂烩。有些作家很是看重语言之美，在这方面，唉，他们通常意指绚丽辞藻与华彩文句，他们罔顾素材特性，硬把它们嵌入同一模子。他们有时竟连对白也趋同，要你读的对话，说话者都是用四平八稳与精心造就的句子来交谈。这样一来，人物没了活力。没空气，你急着喘气。毫无疑问，这么做当然滑稽，但他们少有不安，因为他们鲜有幽默感。这一幽默特性，的而且确，他们以不耐之心视之。一部小说较好的谋篇布局，是让事件指导文风。一部小说的最佳风格，当如衣着考究者的服饰不惹眼目。不过，你要是喜欢为语言而语言，要是乐于将词语缀连成最令你惬意的序列以产生美感，旅行随笔或旅行专著就给了你机会。此时，或能为了文字本身而精雕细琢。你可巧妙运用自己的素材，让你寻求的和谐取信于人。你的风格可像一条宽广平静之河那般流动，而读者在河上安稳前行；他无须惧怕沙洲，没有逆流、湍滩或散布岩石的峡谷。当然，危险在于他会被催眠，留意不到你试图让他遣闷的沿岸美景。在本书中，我是否避免了这点，读者必须自己判断。我只请他铭记，没有比英文更难书写的语言了。不曾有人通晓它的方方面面。在我们久远的文学史之中，要找出写得完美的人，很难超过六位。

1935年

带本书去旅行

　　我从来不能感受查尔斯·兰姆在其诸多读者中激发的喜爱之情。我生性逆反，他人的欣喜若狂令我恼恨，滔滔不绝会让我的倾慕功能干涸（与我的意愿相拂，天晓得为什么，我无意用自己的冷漠来给邻人的热狂泼冷水）。太多评论家写查尔斯·兰姆写得枯燥乏味，我再也不能以自在之心读他。他就像那些爱心满溢者之一，似乎埋伏好了等你大祸临头，好用他们的同情来裹住你。你跌倒的时候，他们搀扶你的双臂伸得如此之快，你揉着擦破的小腿，不得不问自己，路上绊倒你的石头是否是他们放在那里的。我害怕魅力太大的人。他们把你吞没。最后，你成了他们施展魅惑才能与虚情假意的祭品。我也不太喜欢有些作家，魅力是他们的最大长处。这并不够。我要的是令我专注的东西，我要烤牛肉和约克郡布丁，给我面包和牛奶我就不满意。温柔伊利亚的感性令我局促。整整一个世代，卢梭情感外露、大暴隐私，而在他那年月，用哽咽喉咙写作依旧时兴，不过在我看来，兰姆的情感更让人想到酒徒的轻洒一掬泪。我不得不以为，他的柔情乃是得益于节制、汞丸与黑色泻药的调剂。无疑，读兰姆同时代人关于他的文章，你发觉温柔伊利亚乃多愁善感之人的虚构。相较他们的描绘，他是个精力更充沛、脾气更暴躁、更放纵无度的家伙，他会哂笑（合乎道理）他们给他画的像。你要是某晚在本杰明·赫顿[1]家与他相遇，你会看到一位邂逅的小人物，喝得有点晕，可能很无趣，而他要是开玩笑，很可能弄巧成拙。实际上，你遇见的是查尔斯·兰姆而非温柔伊利亚。第二天早晨，要是读了他在《伦敦杂志》的一篇随笔，你会觉得这是一则惬意小文。你从未想到这篇趣文有一天成了博学之人苦心孤诣的口实。你会以适当的心情读它，因为对你来说它是活生生的东西。作家常常遭遇的不幸之一，是生前所受褒扬太少，死后则又太多。评论家逼我们身着朝服读经典，如马基雅维利所写之书；相反，我们该尽量披上晨衣来读，仿佛作者与我们同一时代。

因为我读兰姆与其说是喜好不如说是随众，赫兹里

1　本杰明·赫顿（Benjamin Haydon, 1786—1846）：英国画家，曾为华兹华斯和济慈画像。

特[1]我就忍着根本不读了。考虑到数不清的书急着要读，我断定自己忽略得起一位（我以为）只是表现平平的作家，因为别的作家比他优秀。而温柔伊利亚令我生厌。我读关于兰姆的文章，很少不遇到对赫兹里特的讥嘲。我知道菲茨杰拉德[2]曾有意撰写他的生平，但因为厌恶其人品而作罢。他是个卑鄙、粗野和讨厌的小人物，在兰姆、济慈、雪莱、柯勒律治和华兹华斯大放异彩的圈中，一个不足挂齿的扈从。一位才华如此稀少、性情如此招厌的作家，看来无须为他浪费时间。可是有一天，要出远门之前，我逛邦普斯找自己要带的书，偶然见到一本《赫兹里特随笔选》。小小一册，绿色封面，印得漂亮，价格廉宜，轻巧易握。出于好奇，想了解这位作家的真实情况，因为我读了关于他的这么多坏话，我把这本随笔放进选好的那堆书里。

---

1 赫兹里特（William Hazlitt, 1778—1830）：英国文学批评家、散文家。赫兹里特是英国散文大师之一，文字流畅多彩。
2 菲茨杰拉德（Edward Fitzgerald, 1809—1883）：英国诗人、学者。以"翻译"古波斯诗人伽亚谟的《鲁拜集》而闻名，他的"翻译"虽然忠实于原著精神，但又运用了自己的意象与结构，实则是对原著的创新。

客厅里的绅士

　　我在逆伊洛瓦底江往蒲甘的船上安顿下来，从包里取出那本绿色小书一路读着。船上满是土著。他们无所事事躺在很多小件行李簇拥的床上，整天吃着聊着。其中很多黄衣僧人，脑袋剃光，默默吸着方头雪茄。船偶尔经过一只柚木筏，筏上一间小茅屋，顺流而往仰光。瞥见船上人家忙着做饭，或者安安逸逸正在吃饭。看来他们过得平静，有大把时辰休憩，有足够闲暇好奇。河很宽，两岸平坦，很泥泞。不时见到一座塔，有时为整洁的白塔，但更多时候则是倾颓。而船不时停靠安卧于浓荫之中的河边村落。栈桥上密密麻麻都是身着艳服的人，吵吵闹闹，比来画去，看似集市摊档上的丛丛鲜花；一堆小人儿带着行李下船了，另一堆小人儿带着行李上船了，一阵骚乱与叫喊，慌慌张张，跑来跑去。

　　河上之旅单一而舒心。不论身在何处都是一样。双肩不负责任。生活写意。三顿饭把漫长一日划分得整整齐齐，你很快觉得自己个性不再：你只是某一铺位的乘客，船公司的数据显示，你在某些年这一时节占据该铺，而接下来还会如此，直到让该公司的股票成为一门划算的投资。

我开始读赫兹里特。我大吃一惊。我发现了一位实实在在的作家，不装腔作势，敢于表达自我，明智而坦率，热爱艺术但既不滔滔不绝也不勉强为之；多才多艺，对身边的一切兴趣盎然；聪明，造诣颇深，但又不故作高深；幽默，敏锐。我喜欢他的英文。它自然，活泼，该雄辩时雄辩，读来流畅，简明扼要，既不被题材所压制，也不靠优美文辞粉饰。如果艺术要以品性来论，赫兹里特就是一位伟大的艺术家。

我欣喜若狂。我不能原谅自己活了这么久没有读过他，我很气愤伊利亚的崇拜者，他们的愚蠢让我至今才有如此生动的体验。这里当然不存在魅力，但这是多么强健的心智，通达、清明、活泼，多么有生气！不久，我发现了这篇名为《论旅行》的美文，读到这么一段话："妙哉！挣脱俗世与舆论羁绊——把我等那苦苦纠缠、令人烦恼、没完没了的自我身份丢于自然之中，做个当下之人，清除所有累赘——只凭一碟杂碎维系万物，除了晚上的酒债，什么也不亏欠——不再寻求喝彩并遭逢鄙视，仅以客厅里的绅士这一名衔为人所知！"我真希望赫兹里特这段话少用破折号。破折号的粗陋、现成与随意之处有违我的脾性。我很少读到哪句话里的破折号不能用雅致的分号或素朴的括弧来取代。但是，我一读到这几个字，就想到这是一本旅行记的绝佳书名，我决定写这本书。

仰　光

我让书跌落膝上，看河水静静流淌。缓慢的水流，有着未受搅扰的安宁，令人赏心悦目。黑夜悄然来临，仿佛夏天一片绿叶轻轻坠地。但是，为了暂且驱散渐渐弥漫于心的慵懒，我在记忆中清理起仰光给我留下的印象来。

那是一个晴朗的早晨，我从科伦坡乘的海船驶入伊洛瓦底江。他们指给我看缅甸石油公司的高烟囱，天空灰蒙蒙并有烟尘。但是烟尘后面露出了大金塔的金色塔尖。我发觉现在回想起来很愉快，但又模糊不清；受到热烈欢迎，乘一辆美国车经过有商铺的闹市，钢筋水泥的街道，天哪，就像檀香山、上海、新加坡或亚历山大港！然后是一所宽敞阴凉的花园房。写意生活，在这个俱乐部那个俱乐部午餐，开车行驶于整洁宽阔的道路，晚上在这个俱乐部那个俱乐部打桥牌，喝苦金酒。很多人身穿斜纹卡其或丝绸衣服，笑声，愉快地交谈。然后趁夜回去穿戴得当，接着又出去跟这位或那位好客主人餐聚，鸡尾酒，大餐，随留声机起舞，要么玩台球，最后再回到又凉又静的大宅。这一切真是迷人、惬意、舒适、开心。但这就是仰光？从港口旁边往下顺河走，是狭窄街道与迷宫般交错的小巷；这边住了很多中国人，那边则是缅甸人：我乘车经过时好奇张望，想要知道自己若能闯入那一神秘莫测的生活并消失在其中，就像船上泼下的一杯水消失在伊洛瓦底江，我该发现怎样的奇事，他们得告诉我怎样的秘密。仰光。我现在发觉，在如此模糊与无常的记忆里，大金塔如我抵达之晨那般庄严耸立，金光奕奕，如同神秘主义者所写的灵魂暗夜突然出现的希望，闪耀于这座兴旺之城的烟雾之中。

一位缅甸绅士请我吃饭，我应邀去到他的写字间。房间用纸花彩带装饰得华美，一张大圆桌摆在中央。他把我介绍给他的很多朋友，我们坐了下来。菜有很多道，多数凉得很，食物用小碗盛着，浸了很多酱汁。桌子中央摆了一圈盛了中国茶的杯子，但是香槟任喝，太随意了，饭后则有各种利口酒传来递去。我们都兴高采烈。然后桌子撤掉，椅子靠墙。热情的主人请客人惠允引介妻室。她与一位朋友同来，两个漂亮的小女人，大眼睛笑眯眯，含羞坐了下来；但是，她们很快发现欧式椅子坐得不舒服，所以坐在两只腿上，仿佛席地而坐。主人为我准备了娱兴节目，表演者出场了。两名俳优，一众乐师，六位舞者。他们告诉我，其中一位乃驰名缅甸的艺人。舞者着绸衫与紧身衣，黑发簪花。他们使劲高歌，颈部静脉因为用力而凸出。他们不是集体起舞，而是轮番表演，舞姿就像提线木偶。与此同时，俳优插科打诨：他们与舞者你一言我一语，显然这是一个滑稽角色，因为宾主双方都哈哈大笑。

有一阵我老在注意那位名角。她的确有一种气度。她与同伴并列，但又令人感觉游离其外，她面带愉悦但略显高傲的微笑，仿佛属于另一世界。俳优挖苦她时，她带着超然的微笑应答；她在一个典礼中扮演与自己相称的角色，但她无意投入自己。她有着全然自信的超然。然后，轮到她了。她步向前方。她忘了自己是位名角，她变成了一位女伶。

但是不看大金塔就得离开仰光，我一直在向邻座称憾：因为缅甸人有些并非佛教信仰所需的规定，但遵守这些规定将令西方人蒙羞，它们旨在羞辱西方人，欧洲人再没进过佛寺。但是，那是该国的宏伟建筑与神圣的礼拜之地。它供奉佛陀的七根头发。我的缅甸朋友们提出现在带我去，我且放下自己西方人的骄傲罢。那是午夜。到得寺院，我们攀上一段两旁都是摊档的长长阶梯；但是，住在棚里售卖香客用品的人们已经收工，有的闲坐，身子半裸，低声聊天，抽烟或吃消夜，而很多人千姿百态已经入眠，有的睡当地那种矮床，有的躺卧光秃秃的石头。到处可见白天留下的一堆堆枯花，莲花、茉莉和万寿菊；空气充满浓香，有种业已腐烂的辛辣。我们终于来到高台。寺庙与佛塔到处杂乱无章，仿佛丛林杂树。它们建得没有规划或布局，但是夜色之中，金子和大理石隐隐闪光，让它们有种奇妙的华美。随后，就像艘艘驳船簇拥大船，大金塔高耸现身，模糊、严峻而堂皇。清冷的灯光照亮覆盖塔身的金箔。黑夜之中，它孤耸，超然，令人难忘，神秘莫测。一名赤脚守卫走得悄无声息，一位老人在点燃一尊佛像前的一排蜡烛；他们令此地更为幽寂。到处有黄衣僧人声音沙哑喃喃诵经；嗡嗡声打破了寂静。

差劲的旅行者

为了不生误解，我要赶紧告诉读者，这本书中找不到多少资讯。它是一册穿越缅甸、掸邦[1]、暹罗与印度支那的旅行记。我为个人遣兴而写，也希望取悦乐于花点时间阅读本书的诸君。我是职业作家，我希望靠这本书赚一笔钱，或许还能得到一点赞誉。

我游历虽广，却是一位差劲的旅行者。好的旅行者有惊奇之才。他总是对自己发现的国内所知与国外所见的差异之处感兴趣。他要是热衷荒谬物事，就会不断发现笑料，譬如他置身其中的那些人穿得跟他不一样，而他可能永远都在惊讶，人可以不用叉子而用筷子吃东西，可以不用钢笔而用毛笔写字。因为样样事情他都好奇，所以样样事情他都留意，兴之所至，他要么觉得有趣，要么觉得有益。但是我很快习以为常，不再觉得新

1　掸邦：位于缅甸东部，与泰国、老挝和中国交界的金三角地区。后文提到的东枝为掸邦首府。

环境有何稀罕。在我看来，缅甸人穿五彩帕索再寻常不过，只有蓄意为之，我才会注意他们穿得与我不同。在我看来，坐人力车跟坐汽车，坐地上跟坐椅子一样自然，所以我不觉得自己行为怪异。我旅行是因为喜欢到处走动，我享受旅行给我的自由感觉，我很高兴摆脱羁绊、责任和义务，我喜爱未知事物；我结识一些奇人，他们给我片刻欢娱，有时也予我写作主题；我时常腻烦自己，觉得借助旅行可以丰富自我，让自己略有改观。我旅行一趟，回来的时候不会依然故我。

诚然，撰写《大英帝国衰亡史》的史家，要是在某一公共图书馆的书架上见到本书，他将严词谈及本人。"我们该如何解释，"他会问，"这位作家在别处显示他并非缺乏眼光，但他去了帝国这么多地方，竟未留意（因为从无只言片语显露他有类似怀疑）不列颠人对先祖征伐而来的疆域掌控得如此无力？身为他那个年代的讽刺作家，目睹只是凭借身后枪杆支撑其位的一众官员，试图说服所辖民族自己只是勉强前来管治，他难道不该哂笑？他们为别人提供效率，但人家觉得还有上百件别的事情更为重要；他们靠给予好处来寻求自身的正当合法，但人家并不需要这些好处。这好比某人房屋被你强占，他不再欢迎你，因为你说你比他更会打理！他去缅甸，难道不见大英帝国因为主人怯于管治而摇摇欲坠？他难道未曾遇见因为缺乏自信而毫无威望的法官、军人与专员？这个有过克莱夫[1]、沃伦·黑斯廷斯[2]与斯坦福·拉弗[3]的民族究竟怎么回事？它派去管治属地的人士，都怯于行使授予他们的职权，他们统治东方人，都想依靠怀柔笼络，依靠谨慎行事，依靠放下侮慢并给予土著不适当的权力，而这些权力必然反过来用于对付主人。但是，要是因为自己身为主人而良心不安，那还算得上主人么？他们空谈效率，但治理得并无效率，因为他们心神不安，觉得自己并不适合统治。他们是些多愁善感的人。他们想为帝国谋利，但又不愿承担最大责任，这一责任就是行使权力。但是，这位作家面对的这一切，对他来说似乎都不存在，他安于记点旅行小事，写点个人感受，编些跟他见过的人有关的小故事；他写的这本书对于历史学家、政治经济学者和哲学家来说毫无价值：它该被人遗忘。"

《大英帝国衰亡史》的作者我不屑置辩。就我来说，我谨斗胆寄语，这本巨著一旦开工，他要以同情、公正与大度之心来写。我要他远离浮华之辞，我相信情感内敛并非与他不相称。我要他写得清明而体面，我要

1　克莱夫（Robert Clive, 1725—1774）：孟加拉总督，为英国在印度殖民统治的创建者之一。

2　沃伦·黑斯廷斯（Warren Hastings, 1732—1818）：英国政治家与殖民官员，英属印度的创建者之一。

3　斯坦福·拉弗（Stanford Raffles, 1781—1826）：英国殖民官员，在新加坡设立英国殖民地。拉弗以管治仁慈、打击奴隶买卖著称。

他的行文根基坚实。我愿他的文句有如铁锤击打铁砧那样铿然有声；他的文风要庄严而不浮夸，生动而不造作，简洁有力却又镇定自若。因为，他毕竟有一个主题大可苦心经营：世界历史之中，大英帝国并非没有辉煌一刻。

翻领上的别针

　　我到蒲甘的时候下起了小雨，天空乌云沉沉。我老远就看到此地有名的佛塔。晨雾中它们隐约浮现，硕大、遥远而神秘，就像幻梦的模糊记忆。江轮把我放到一处破败村落，距我的目的地尚有几英里，我在细雨中等候，仆人找到一辆牛车载我上路。那是一辆没弹簧的结实木轮车，盖了一层椰棕席子。车内又热又闷，但是雨势渐成倾盆，我庆幸这里可以栖身。我躺下来，累了就盘腿而坐。牛走得小心，慢如蜗牛，它们费力穿过先前车辆留下的车辙，把我摇来晃去。牛车不时驶过一块大石头，令我猛地一颠。到得圆屋，我觉得自己仿佛挨了一顿揍。

　　圆屋位于岸边，很是近水，周围全是大树：罗望子、菩提树和野醋栗。一截木梯通往用作客厅的宽敞阳台，后面几间卧房，都带浴室。我发现其中一间住了另一位游客。我刚检查完住处，正与司膳的马德拉斯人说话，清点房内的什么腌菜、罐头和酒，这时出现一位身穿胶雨衣头戴遮阳帽身上还在滴水的小个男人。他脱下湿淋淋的衣帽，过了一会儿，我们坐下来吃该国所谓的早午餐。他是捷克斯洛伐克人，任职于加尔各答一家出口商行，正在缅甸度假观光。他矮个，黑发蓬乱，大脸，鹰钩鼻突出，戴一副金框眼镜，肥胖身躯紧绷绷穿了一件斯丁格衬衫。他显然是位活跃的观光客，因为下雨也没能阻止他一早出门。他告诉我说看了不下七座佛塔。我们吃饭的时候雨停了，随即阳光明丽。饭一吃完，他又出发了。我不晓得蒲甘有多少佛塔，当你站在高处，目力所及四周都是。它们近乎墓地的墓碑那样密密麻麻。大小不等、状况各异。鉴于周围环境，佛塔的密实、尺寸与华丽更为惊人，因为唯有它们留存，显示此地曾有一座人口稠密的繁荣大城。而现在只是一处落伍村落，有大树成行、宽阔而邋遢的公路，一个令人愉快的小地方，席编的整洁房舍住着漆工；因为这是今日蒲甘适度兴旺的产业，昔日风光它已忘却。

但是，所有这些佛塔，只有一座阿兰塔还有香火。这里有四尊镀金大佛，背靠一堵镀金墙壁，立在一所巍峨的金殿内。你穿过一条镀金拱道，一尊一尊看着它们。微明之中，它们莫测高深。其中一尊佛像前，一位黄衣托钵僧尖声诵着你听不明白的经文。别的佛塔却是荒芜了。路上的裂缝间杂草丛生，幼树扎根于缝隙。这些佛塔是鸟儿的庇护所。鹰在塔顶盘旋，绿色小鹦鹉在檐上啁啾。它们如同巨大的奇异之花变为石头。其中一座，设计者以莲花为范，就像史密斯广场圣约翰教堂的建筑师采用安妮女王风格的脚凳，有一种巴洛克式的铺张，让西班牙的耶稣会教堂显得素朴而传统。它很乖谬，所以让你含笑而视，但其繁盛又有魅力。它太虚幻，拙劣而奇异，设计者的狂想令你惊愕。它看似印度神话中某位任性的神明用无数只手一夜之间织成的布料。塔内的佛像坐而冥想。巨像上的金叶早已剥蚀，塑像化为尘土。守门的怪狮在基座上腐朽。

此地奇异而忧郁。但我的好奇心因为寻访五六座佛塔而满足，我不愿因为捷克斯洛伐克人的精壮与自己的怠惰而蒙羞。他把佛塔分门别类，按其特征做了笔记。他自有理论，在他心中，它们各有标签，用来证明某一理论或了结某一论争。他认为没有什么地方荒废得不值得热心端详；为了研究砖瓦构造，他像山羊爬上断垣残壁。而我宁愿闲坐圆屋阳台观赏眼前景色。正午时分，太阳把地上的一切色彩烤焦，从前人来人往的闹热之地，疯长的树木与低矮灌木一片苍白；但是一日将尽，仿佛磨炼性格的某一情感暂被世事淹没，各种色彩悄然回转，林木再度一片葱郁。日落彼岸，西天一片红云倒映于静静的伊洛瓦底江，波澜不兴。恍若止水。远处有孤舟渔夫劳作。那边稍远一点，最美的一尊佛塔尽收眼底。落日之中，它呈米色与灰黄，柔和如博物馆的古旧绸衣。它有一种悦目的匀称，每一角的小塔彼此呼应，华丽窗户与下方的华丽门扉相互唱和。这些装饰有种大胆的狂暴，仿佛它在致力攀登精神的奇妙巅峰，而在生命与灵魂参与的拼死争斗中，它不能有缄默与品位之想。但是，它彼时又有一种恢宏，它立于其中的孤独有威严之势。它似乎以一副过于重大的担子压在大地身上。细细想来，它矗立这么多个世纪，漠然俯瞰着伊洛瓦底江的明媚弯流，真是令人慨然。鸟在树间鸣叫；蟋蟀唧唧；青蛙呱呱，呱呱，呱呱。某处，一位少年用简陋的笛子吹着忧伤的曲调；院子里，土著叽叽喳喳大声聊天。东方并不静默。

就在这时，捷克斯洛伐克人回到圆屋。他又热又累，满身尘土，但很开心，因为他什么也没遗漏。他是一座知识宝库。夜渐渐包围那尊佛塔，它现在看去很单薄，像用木板与石膏筑成，所以，要是在巴黎博览会的殖民地风物馆见到它，你不会感到意外。在那美妙的乡村景色中，它是一座不可思议的复杂建筑。捷克斯洛伐克人告诉我它建于何时及哪位国王治下，然后，他讲起蒲甘历史。他记性好，事实梳理精确，讲得很流利，就像一位讲师讲着重复多次的课程。但我无意了解他的所述。哪些国王在位、他们打了哪些战役、征服了哪些土地关我何事？我只满足于见到他们出现在寺庙墙上的长列浮雕之中，姿态庄严，坐在宝座上，接受属国使臣的进贡，或是出现在长矛纷然、兵车疾驰的两军混战之际。我问捷克斯洛伐克人，他得来的那些知识准备用于何处。

"做什么？啥也不做。"他答道，"我喜欢真相。我想了解事件。每当我去什么地方，我都要阅读关于该地的一切。我研究它的历史，动植物，民风习俗，我让自己对该地的文学艺术了如指掌。我去过的每一个国家，我都可以写本权威之作。我是一座知识宝库。"

"我也这么想。但是对你没意义的知识有什么用呢？为知识而知识，就像一截楼梯通向一堵光秃秃的墙壁。"

"我不同意。为知识而知识，就像你捡起一根别针别到衣服的翻领上，或是解开一条绳子放进抽屉而不是把它割断。你根本不晓得它什么时候有用。"

为了表示他的比喻并非随心所欲，捷克斯洛伐克人翻起他的斯丁格衬衫（没有翻领），给我看了别得整整齐齐的四枚别针。

梅波的婚事

从蒲甘欲往曼德勒，我再度乘船，抵达之前数日，船泊于河畔某一村落，我决意上岸。船长告诉我，岸上有个惬意的小俱乐部，我在那儿无须拘束；他们见惯了从船上这样下来的陌生人，而执事是个很不错的家伙；我甚至可以玩桥牌。我无事可做，于是钻进等在码头的一辆牛车去了俱乐部。阳台坐了一人，我上去时，他朝我点点头，问我要不要来杯威士忌苏打或苦金酒。他甚至没想过我可能一文不名。我要了大杯的，然后坐下来。他又高又瘦，古铜肤色，唇髭一大把，穿卡其短裤与卡其衬衫。我一直不知道他的姓名，但我们聊了一会儿，又进来一人，这人自称为执事，并称我的朋友为乔治。

"你妻子有消息吗？"他问他。

乔治的眼睛发亮了。

"有，这趟邮件我收到信了。她玩得很开心。"

"她有没有叫你别发愁？"

乔治轻轻笑了笑，但我好像觉得他的笑带着一丝伤心。

"她实际上有。但是说来容易做来难。我当然知道她想度假，我很高兴她应该去，但对一个男人来说，这太难了。"他转向我，"你瞧，我这是头一次跟妻子分开，没她，我就像一只丧家犬。"

"你结婚多久了？"

"五分钟。"

俱乐部执事笑了。

"别傻了，乔治。你结婚八年了。"

我们聊了一小会儿，乔治看看表，说他得去换衣服准备吃饭，然后走了。执事面带并非恶意的嘲笑，看他消失在夜色里。

"他现在一个人，我们都尽量问问他的情况如何。"他告诉我，"自从他妻子回国，他就郁闷得很。"

"她知道自己丈夫那么忠心一定很高兴。"

"梅波这女人了不得。"

他叫来侍者，又要了些酒。在这个好客之地，他们不问你是否有钱，大家习以为常。然后，他安坐躺椅，点燃一支方头雪茄，给我讲起乔治与梅波的故事。

他回国休假订的婚，他回缅甸的时候，说好她半年后过来。但意外一桩接一桩：梅波父亲去世，战争爆发，乔治被派去一个不适合白人女子前往的管区。最后等她可以启程，七年过去了。婚礼他都安排好了，等她一到就举行，而他去仰光接她。船到那天早晨，他借了一辆汽车开到码头。他在码头踱来踱去。

　　然后，突然之间，毫无预兆，他没勇气了。他七年没见梅波，他忘了她什么样子。她完全是个陌生人。他情绪很低落，双腿开始游移，他受不了这个。他必须告诉梅波他很抱歉，但他做不到，他真的不能娶她。但是，你怎么能这样告诉一位女子，她跟你订婚七年，跑了六千英里来跟你结婚？他也没勇气这样做。乔治孤注一掷。码头有艘船正要往新加坡，他急忙给梅波写了封信，一件行李也没带，只有身上穿的衣服，就跳上了那艘船。

　　梅波收到的信大致如下：

　　最亲爱的梅波：

　　　　我突然要出公差，也不知何时回来。我觉得你最好回英国。我的安排很不确定。

　　　　　　　　　　　　　　　　　爱你的乔治

　　但是到了新加坡，一封电报在等他。

　　　　明白。勿虑。爱。梅波

惊恐让他很机敏。

"糟了，我觉得她会跟着我。"他说。

他发电报给仰光的船公司，正往新加坡的乘客名单果然有她名字。没时间了，他跳上去曼谷的火车。但他很担心，他去曼谷她很容易就会发现，而她坐上火车也跟他一样简单。好在有艘法国货轮第二天开往西贡。他上了这艘船。到西贡他就安全了，她绝不会想到他去了那里；而她要是想到，她现在也该明白了。从曼谷到西贡要五天，船很脏，很挤，很不舒服。到了西贡他很高兴，坐一辆人力车去酒店。他在访客簿上登了记，马上就有一封电报给他。只有两句话：爱。梅波。这两句话足以让他吓出一身冷汗。

"去香港的下班船什么时候？"他问。

如今，他的逃跑不再儿戏。他到了香港，但不敢待在那儿；他去马尼拉，但马尼拉兆头不好；他接着去上海，上海又令他紧张，每次从酒店出去，他都以为要径直撞入梅波的双臂：不，上海绝不能待。只有去横滨。到得横滨大饭店，一封电报在等他。

"马尼拉不遇，甚憾。爱。梅波。"

他神情激动瞄了一通客轮航班表。她现在在哪里？他折回上海。这次他径直往俱乐部取电报。他拿到了。

"即到。爱。梅波。"

不，不，抓到他可没那么容易。他计划好了。扬子江很长，水位正在下降。他只要赶上去重庆的最后一班江轮就行了，之后除非坐帆船，要到第二年春天才有船了。一名女子根本不可能这样单独旅行。他到了汉口，又从汉口到宜昌，他在宜昌换船，驶过激流到了重庆。但他现在很绝望，他不要再冒险了。有个地方叫成都，四川省会，有四百英里远。去成都只有陆路，路上土匪出没。人到了那里会很安全。

乔治找来轿子与苦力出发了。终于，看到那座中国孤城带雉堞的城墙，他松了一口气。日落时分，从城墙上可以望见雪山。

他终于可以休息了：梅波再也找不着他。领事正好是他朋友，他住到他那里。他享受豪华房舍的舒适，他享受跨越亚洲的紧张逃跑之后那份闲散，而最重要的是，他享受他那美妙的安全感。一个星期接一个星期慢慢过去了。

一天早晨，乔治和领事正在院内查看一位中国人带来的几件古玩，领事馆大门传来一阵很响的敲门声。门房开了门。一乘四抬小轿进得院内，轿子落地，梅波步了出来。她整洁，镇定，精神，根本不像路上走了两个星期刚到的样子。乔治惊呆了，面如死灰。她向他走来。

"嗨，乔治，我真怕又错过你了。"

"嗨，梅波。"他支支吾吾。

他不晓得说什么。他东看西看：她站在他与门口之间。她看着他，蓝眼含笑。

"你根本没变。"她说，"七年时间，男人会变得很可怕，我担心你又胖又秃。我太神经了。经过这些年，我要是不能让自己最后嫁给你，那就太糟糕了。"

她转向乔治的东道主。

"你是领事？"她问。

"是。"

"很好。我洗个澡，然后就嫁给他。"

她嫁了。

曼德勒的城堡

曼德勒首先是个地名。有些地方由于历史的某一偶然事件或适当关联而得名，独有一种魔力，但智者多半从不访谒，因为它们唤起的期盼几乎不能实现。地名自有生命，虽然特雷比松[1]可能只是一处赤贫村落，但对于所有心智健全的人，这一名称的魅力必定为它罩上帝国服饰；至于撒马尔罕[2]，谁要是写下这一地名，脉搏难道不会加快，心中难道没有期望不得餍足的苦痛？伊洛瓦底这一名字，就以其浑浊巨流使人敏于想象。曼德勒的街道多尘而拥挤，沐浴艳阳之下，宽阔而笔直。有轨电车载着一众乘客隆隆驶过，他们挤满座位与通道，密密麻麻站在踏板上，就像苍蝇群集一枚烂熟的杧果。带阳

1　特雷比松（Trebizond）：濒临黑海的土耳其海港。13世纪为拜占庭帝国一个分支，贸易兴盛，现保存着拜占庭教堂与中世纪城市遗迹。
2　撒马尔罕（Samarkand）：位于乌兹别克斯坦，为世界最古老的城市之一。

台与走廊的房子，有遭逢不幸的西方城镇之大街房舍那种邋遢外表。此地既无窄巷也无曲径，可让想象悠游以寻意外事物。但不要紧：曼德勒还有名字，这一嘉词的降调，在其周遭汇聚了浪漫传奇的明光暗影。

但是曼德勒还有城堡。城堡围在高墙内，高墙围在壕沟内。城堡里有宫殿，还有现已拆掉的热宝王朝官署与官邸。每隔一段墙，就有用石灰刷成白色的大门，每道门的顶上都有一座望楼，就像中国庭园内的避暑山庄；棱堡上面是柚木亭，形状之奇特，令你觉得它们或曾用于战事。墙用晒干的巨砖砌成，颜色灰紫。墙脚大片草地，密植罗望子、肉桂与金合欢；一群棕色绵羊固执前行，慢吞吞然而专心啃着甘草；在这里，晚上可见缅甸人穿五彩裙戴明丽头巾三两漫步。他们皮肤棕色，矮小结实，脸上略有蒙古人的特征。他们故意走得就像这块土地的业主与耕者。他们毫无路过的印度人那种目空一切与不以为然的典雅；没有那种精致的容貌，也没有那种懒洋洋和女人气。他们易于微笑。他们幸福，快乐，友好。

城壕水面宽广，清晰倒映着玫瑰色城墙、浓密树木和衣着明丽的缅甸人。水很静，但并非死水，安宁驻足水面，就像一只天鹅头戴金冠。清晨或将日落，水色有着粉笔画温和疲惫的柔弱，这些颜色有油彩的半透明，但少了那分固执的明确。光仿佛一位魔术师，游戏般涂抹着刚刚调好的颜料，并将用其随意之手再度抹掉。你屏住呼吸，因为你相信这一效果转瞬即逝。你心怀期望地看着它，就像吟诵一首有点复杂的格律诗，倾耳等候延迟已久前来合韵的韵脚。但是到了日落，西天红云绚烂，墙、树、壕沐浴在一片霞彩中；月圆之夜，那些白门渗着银光，夜空映出门上望楼的剪影，你的官能被冲得落花流水。你试图有所戒备，你说这不实在。这并非是让你在不知不觉中意外感知，能取悦和抚慰你受伤的灵魂的美，这并非你可掌握、可据为己有而且可熟知的美。这种美把你击伤，让你晕眩，叫你喘不过气来，它既无冷静也无克制，它像火，突然把你吞噬，而你奇迹般生还，浑身赤裸，颤抖不已。

白人侍女的复仇

　　曼德勒的宫殿建在一个大广场上，由一圈刷成白色的矮墙围住。你爬上一截小台阶，来到宫殿所在的庭院。昔日，这片广庭房屋密布，而今多数拆毁，妃子与侍女的住处，成了惬意绿地。

　　进得宫殿，你先见到一间长长的觐见室，然后是一间接见室、更衣室，其他接见室与密室。这些房间的两旁是国王、王后和公主们的寓所。接见室是间空荡荡的房子，屋顶由高柱支撑，这些柱子是高大柚木，制作时的粗暴斫痕依然可见，而它们都已镀金髹漆；墙壁只是草草刨平的木板，也有镀金髹漆。但镀金都已残旧褪色。不知为何，粗陋工艺与所有镀金髹漆对照，产生一种奇特的华丽效果。每所房子太像瑞士木屋，本身平淡无奇，但总体有种迷人的幽暗之华。装饰屋顶、栏杆和房间隔板的雕刻都很粗糙，但图案常常很优美，有种奢华的典雅。宫殿营造者完全出人意料，使用最不协调的元素取得富丽堂皇的效果，令你觉得此地乃东方君主的恰当居所。很多装饰效果，都是来自无数小镜片与白色或彩色玻璃拼成的图案各异之镶嵌画。你可能会说，再也没有如此丑陋的东西了（它有些像你儿时在马盖特码头所见之物，远足一天之后，你扬扬得意带回去，把它作为礼物送给一位惊愕不已的亲戚），但奇怪得很，它予人印象不仅华丽，而且愉悦。屏风与隔板雕得实在粗糙，这些精巧的玻璃片就这样镶嵌其中，它们毫无华而不实的效果，而是有着晦暗玉石的神秘之光，朦胧闪烁于坚实背景之上。这并非更有活力、更为粗犷却又原始，或者你愿意称为童真的野蛮艺术。它有些轻佻柔弱，它的粗略（仿佛画师笔触游移，正在按照自己的想法将熟悉的图案重新创作）令其有特色。你有一种念头，一群人正慌乱摸索于美的起点，就像丛林人或儿童那样，耀眼物体令他们迷醉。

　　装点宫殿的富丽帏幔与镀金家具早已被抢掠一空。你穿过一个又一个房间，它们就像渴望出租的房屋。这里像是无人到访。天色近晚，这些镀金镶玉的荒屋阴森可怖。你轻轻漫步，以免惊扰气若游丝的寂静。你驻足观望这些空无，惊愕不已，不敢相信须臾之前，这里还在上演不可思议的密谋与骚动不安的激情。此地的浪漫传奇存留于生者记忆。宫殿见证的巨变不足五十年，而对于我们，却像意大利文艺复兴或拜占庭那般遥远。有人带我去见一位曾经创造历史的老太太。她矮胖结实，身着素朴的黑白衣衫。她透过金边眼镜看我，眼光平静，略带嘲讽。她的父亲是希腊人，曾为敏东王效劳，而她做过素芭蕾娅王后的侍女。她随后嫁给国王一艘河船的英国船长，但他死了。守了一阵寡，她与一位法国人订婚（她嗓音低沉，略带一丝外国口音；苍蝇在她周围嗡嗡乱飞，她似乎也不在意，而是两手合拢，端庄置于双膝）。法国人回国去了，在马赛娶了一位本国女子。隔了这么久，她不是很记得他了，当然，她还记得他的名字，记得他的漂亮唇髭，就这些。不过，她当时爱他爱得疯狂（她笑起来是有点可怕的咻咻声，仿佛她的欢笑是道影子，而她笑的，是一出喜剧的幻象）。她决意报复他。她仍可出入宫廷。她弄到热宝王与法国人制订的条约草案，条约规定，将上缅甸的所有控制权交与法国人。她把草案给了意大利领事，以向下缅甸的首席专员求助，于是导致英国人向曼德勒进发，将热宝王废黜与流放。大仲马可曾说过，戏剧之中，再也没有比关起门来发生的事情更为戏剧了？金边眼镜后面，这位老太太平静而嘲讽的双眼，就是一扇紧闭的门，谁知道还有多少怪异的思绪与奇情的汹涌依然驻留其后？她说起素芭蕾娅王后：她是个好女人，大家对她太不公平，说她唆使的那些杀戮，都是胡说八道！

"就我所知，她杀的人最多不超过两三个。"老太太轻轻耸了耸肥胖短肩，"两三个人！有什么大惊小怪？命不值钱。"

我呷了一口茶，有人开了留声机。

勐拱的大钟

　　我虽然不是百折不挠的观光者，还是去了阿玛拉普拉，从前的缅甸都城，今天的散乱村庄，这里的道路两旁，罗望子树高高耸立，树荫下面，丝绸织工忙忙碌碌。罗望子树茂盛庄严，树干粗糙多节，苍白如顺流而漂的柚木，树根则像地上剧烈扭动的巨蛇；它的叶子呈花边状，如同蕨类植物，树叶尽管精美，但因为太厚而树荫浓密。它就像老农之妻，饱经风霜，然而粗壮矍铄，披了一件不相称的绒绒棉纱。绿色鸽子栖息在树枝上。男人女人坐在小屋外纺纱或绕丝线，他们的眼光柔和而友好。孩子们在大人周围玩耍，野犬睡在道路中央。他们像是过着适度勤勉、快乐与安宁的生活，而你心中掠过一丝念头，就是这些人至少找到了解答生存之谜的一种方法。

　　我接着去看勐拱的大钟。这里是一座尼寺，我站着正看，一群尼姑把我围住。她们穿的袍子跟和尚一模一样，但并非和尚那种漂亮的黄色，而是脏兮兮的暗褐色。这些矮小老尼没牙，脑袋剃光，但头上盖了一层薄薄的灰白发楂，年老的小脸皱纹很深。她们伸出枯瘦的双手要钱，用空洞苍白的牙床喋喋不休。她们的黑眼睛警觉而贪婪，她们的微笑很是顽皮。她们很老，无牵无挂。她们像是以一种富于幽默感的冷嘲热讽看待人世。她们历经种种幻灭，带着恶意与含笑的轻蔑存活。她们不宽容人的愚行，也不迁就人的弱点。她们对世事全无依恋这一点，有些东西隐约令人惊恐。她们不再有爱，她们不再有分离之苦，死亡对她们来说不再可怕，除了笑声，她们如今一无所剩。她们撞响大钟让我听：咚，咚，它响着，一声长长的低音沿河而下慢慢回响。钟声庄严，似乎召唤着躯壳中的灵魂，提醒它虽然万物皆为幻象，但是幻象之中还有美；随着钟声，尼姑们爆出一阵粗俗的咯咯笑声，嗨，嗨，嗨，这是模仿大钟的声音。蠢人，她们的笑声说，蠢人和傻瓜。只有笑声才是真的。

缅甸女人

离开科伦坡的时候，我没想过要去景栋，但我在船上认识一个人，他告诉我他在那儿待过五年。他说那里有个很大的集市，每隔五天逢场，赶集者来自五六个国家和五六十个部落。那里有神秘壮观的佛塔，地处偏远可以消解内心焦虑。他说他宁可哪也不住就住那儿。我问他那里给了他什么，他说是满足。他又高又黑，落落寡合的举止，从那些长期独居在偏僻之地的人身上，你常常可以见到。与他人在一起，这类人有些不安，虽然在船上吸烟室或者俱乐部酒吧，他们可以滔滔不绝乐于交际，给大家讲故事，开玩笑，有时高兴起来，说一说自己不同寻常的经历，但他们似乎总是有所保留。他们的内心持有一种分离的生活，他们有种仿佛内倾的眼神，这种眼神告诉你，这一隐藏起来的生活，才是他们唯一看重的东西。他们的眼睛不时泄露他们对社交圈的厌倦，他们因为觉得危险或是害怕显得古怪才被迫暂时进到这个圈子。然后，他们似乎渴望去到自己偏爱的某一孤单之地，在那里，他们可以再度与自己找到的真实相处。

正是这位偶然相识的人的举止和言谈，说服我现在启程穿越掸邦。从上缅甸的起点到我可以下到曼谷的暹罗终点，大约有六七百英里。好心的人们尽其所能让我这趟旅行舒适，东枝的驻扎专员给我发电报，他已安排骡子与小马等我。我在仰光买了一堆看似必需的物品，几把折叠椅，一张桌子，一个过滤器，灯，还有我也不知道的什么东西。我从曼德勒坐火车去达西，打算在那儿雇辆车前往东枝，在我动身之前，一位我在曼德勒俱乐部认识、住在达西的朋友请我吃早午餐（早饭与午饭合一的缅甸美餐）。他叫马斯特森，三十来岁，面孔和善，卷曲的黑发带点灰白，黑眼睛很漂亮。他的嗓音异常好听，说话很慢，而这一点，我不知道为什么，令你信赖。你觉得一个人花这么长时间讲他要讲的事情，让人有足够耐心听他说话，这人肯定有本事让同伴赞同他。他觉得人的友善理所当然，我猜他只能这样行事，因为他自己就很友善。他颇有幽默感，当然并非机敏，而是令人愉快的讥讽；正是这一令人愉快的幽默感，将常识运用于生活中的各种意外，并从一个略微可笑的角度来看待它们。一年大部分时间，生意让他奔波于缅甸各处，旅行期间，他养成了收藏的癖好。他告诉我，他把所有余钱都用来购买缅甸古玩，而正是为了看看这些古玩，他请我跟他一起吃饭。

火车一大早到。他先就告诉我，他得去写字间，接不了我；不过，早午餐在十点，他要我在城里办完一两件事情就去他家。

"随便些。"他说，"要是想喝点什么，你跟男仆说就行了。我事情一办完就回来。"

我找到一家车行，跟一辆福特破车的车主讲好价，让他载我和我的行李去东枝。我把我的马德拉斯仆人留在那里，让他盯着，把能装的每一样东西都装进去，剩下的就拴在踏板上，然后，我慢慢走去马斯特森家。它位于一条大树遮阴的路上，是座整洁的小平房，在晴朗的晨光中显得可爱而温馨。我步上台阶，马斯特森出来迎接我。

"事情比我想的完得快。早午餐弄好之前，我有时间给你看我的东西。你喝什么？我恐怕只能给你一杯威士忌苏打。"

"喝这个会不会太早？"

"是太早。不过这是家里的习惯，进门的人没有不喝一杯的。"

"那我只好入乡随俗了。"

他叫了男仆，一位整洁的缅甸人马上端来一个细颈酒瓶、一瓶苏打水和玻璃杯。我坐下来，打量着房间。

虽然很早，外面的太阳却很猛，百叶窗已经拉下。经过路上耀眼的阳光照射，这里的光线惬意而清凉。房间用藤椅布置得很舒适，墙上挂着英国风光的水彩画。这些画有些拘谨老派，我猜是主人的老处女姑姑年轻时候所画。有两幅我不知晓的大教堂，两三幅玫瑰花园，一幅乔治王朝风格的房子。看到我的眼睛在这幅画上停了一下，他说：

"那是我们在契顿汉的房子。"

"哦，你是那儿人？"

然后是他的收藏。房间堆满佛陀及其弟子的铜像或木雕像；还有各式各样的盒子、器皿与古玩，尽管多得要命，但摆放有致，赏心悦目。他有些好玩的东西。他很自豪地给我看，告诉我他是如何得到这件或那件物品，如何听说有另一样东西，于是穷追不舍，并以不可思议的精明诱使不情愿的主人出让。说到一笔好买卖，他和善的眼睛闪闪发光，而痛骂某一卖家不讲理，不是接受公平价格，而是把一个铜盘拿走了，他的眼中又一阵阴郁。房里有花，没有东方的很多单身汉家里的那份凄凉。

"你把这地方弄得很舒适。"我说。

他扫了一眼房间。

"以前很好。现在没那么好。"

我不是很明白他的意思。随后，他给我看一个长长的镀金木盒，带有玻璃镶嵌画，就是我在曼德勒宫殿欣赏过的那种，但做工比我在那儿见到的更精巧。这款如宝石般华美，真有一些意大利文艺复兴的典雅。

"他们告诉我它有几百年历史。"他说，"这样的东西他们很久都做不出来了。"

这显然是宫廷用品，令人好奇它从前的用途以及它都经过哪些人的手。这是一件珍宝。

"里面是什么样子？"我问。

"哦，没什么，只是髹漆。"

他打开木盒，我看到里面有三四个镜框。

"哦，我忘了那些在这儿。"他说。

他柔和悦耳的嗓音有点古怪，我睨视了他一眼。他的皮肤晒成古铜色，但脸上还是泛起好一层红晕。他正要关上盒子，但又改变主意。他拿出其中一幅照片给我看。

"年轻的时候，这些缅甸女子有的很可爱，不是吗？"他说。

照片上是位站着的年轻女子，有点害羞，背景为照相馆常有的那种，一座佛塔，几棵棕榈树。她穿着自己最好的衣服，头发上插了一朵花。但是，拍照时的窘迫，并未阻止她颤动的双唇露出羞怯的微笑，她严肃的大眼睛仍有一丝调皮的闪光。她很娇小。

"真是个小可爱。"我说。

马斯特森接着拿出另一张照片，她坐着，身旁站了一个小孩，他的手怯生生放在她的膝上，她还抱了一个婴儿。小孩直端端看着前方，神色恐惧，他不明白那台机器和机器后面头蒙黑布的人在搞什么名堂。

"这些是她的孩子？"我问。

"也是我的。"马斯特森说。

这时，男仆进来说早午餐备好了。我们去饭厅坐了下来。

"可能没什么东西给你吃。自从我女人走掉，家里的一切就乱糟糟。"

他诚实的红脸一阵阴郁，我不知道说什么好。

"我肚子很饿，吃什么都好。"我斗胆说道。

他什么也没说，把一盘麦片薄粥放到我面前。我加了牛奶和糖。马斯特森吃了一两匙，把他的盘子推到一旁。

"没想到看到那些该死的照片。"他说，"我是故意把它们收起来的。"

我不想刨根问底，或是逼主人讲他不愿讲的私事，但我也不希望显得漠不关心，不让他给我讲心事。在丛林某个荒僻之所，或者置身拥挤的中国城市一幢形单影只的结实大屋里，常常有人给我讲他自己的故事，而我相信这些故事他从未告诉任何人。我是个意外相识，他以前从没见过，以后也不会再见，我是他单调生活中暂时出现的漫游者，某种渴望让他敞开心扉。这样，我一夜之间对他们的了解（坐在一两瓶苏打水和一瓶威士忌旁，一盏乙炔灯的光线外，就是充满敌意与令人费解的世界），比我若是认识他们十年所知道的还要多。你要是对人性有兴趣，这就是旅行的一大乐事。你和他们分手的时候（因为你得早起），他们有时会对你说：

"我这些废话恐怕让你闷得要死。我六个月没说这么多话了，但说出来我觉得很好。"

男仆撤下粥盘，给我俩一人上了一条白生生的煎鱼。鱼很冷。

"这鱼很糟糕，不是吗？"马斯特森说，"我讨厌河鱼，鳟鱼除外；唯一办法就是加伍斯特郡酱。"

他自己随意加着，然后把瓶子递给我。

"我女人，她是个很好的主妇；她在这儿的时候，我吃得就像一只斗鸡。厨子要是端出这样的垃圾，一刻钟之内她就会叫他走人。"

他对我笑了笑，我留意到他笑得很甜，这令他显得特别温柔。

"你看，跟她分开实在痛苦。"

他现在显然想谈，我毫不犹豫，帮他打开话匣子。

"你们吵架了？"

"没有。那说不上是吵架。她跟我住了五年，我们连口角都没有。她算是脾气最好的可人儿了，好像什么都不能让她生气。她总是很快乐，你从来见不到她不笑。她总是很开心，她没理由不开心。我对她很好。"

"我相信。"我答道。

"她是这儿的女主人。她要的我都给她了，或许我要是凶些她还不会走。"

"或者我不应该说得这么明白，女人都是不可捉摸的。"

他不以为然看了我一眼，他的笑有一丝刚刚闪过他眼中的腼腆。

"我要是讲给你听，你会不会觉得很闷？"

"当然不会。"

"好吧，我是有天在街上见到她的，我很喜欢她。我给你看过她的照片，但照片照得不好。这样形容一位缅甸女子听起来或许可笑，但她就像一朵玫瑰花蕾，不是英国玫瑰。你知道的，她有点像我给你看的盒子上那些玻璃花，跟真花一样，只是长在东方花园的一朵玫瑰有些奇异之处。我不知道怎样才能讲明白。"

"你的意思我明白。"我笑道。

"我跟她见了两三次，找到她住的地方。我派男仆去打听她的情况，他回来告诉我，只要我们谈妥，她父母很愿意我跟她一起。我不想讨价还价，一切马上定下来了。她家里摆酒庆祝，她就来这里住了。当然，我完全把她当作自己的妻子，让她管家。我告诉仆人，他们要听她吩咐，她要是不满意谁，谁就得走人。你知道，有些家伙让自己的女人住在仆人的地方，一旦他们外出旅行，女人的日子就不好过。咳，我觉得这样做很卑鄙。你要是找一个女人跟你一起生活，你起码要让她过得开心。

"她做得非常好，我很开心。她让家里一尘不染。她为我省钱。她不让仆人敲诈我。我教她打桥牌，说真的，她打得太好了。"

"她喜欢这样吗？"

"喜欢。家里来客，她招呼客人不输公爵夫人。你知道的，这些缅甸人举止优雅。有时候，看她招呼我的客人时那种自信，我都会笑，那些政府官员，你知道的，还有路过的军人。要是某个中尉特别腼腆，她会立刻让他放松。她从不莽撞也不多嘴，只是需要她的时候她就在那儿，尽量让一切都顺利，让每个人都开心。我给你讲，她调的鸡尾酒是仰光和八莫两地最好的。大家以前都说我运气好。"

"我想的确如此。"我说。

咖喱餐上来了，我用盘子盛了米饭取了鸡块，然后在五六个小碟之间选我喜欢的调料。咖喱很好。

"后来她有了孩子，三年三个，但有一个六个星期大就死了。我给你看的照片是活着的两个。小家伙样子很逗，不是吗？你喜欢孩子吗？"

"喜欢。怪得很，我特别喜欢刚出生的婴儿。"

"我不喜欢，你知道的。我甚至对自己的孩子都不是特别有感觉。我常常纳闷，这是否表明我这人很坏？"

"我不这样想。我觉得很多人喜欢小孩只是赶时髦。我觉得父母对孩子的爱不能过分，这样对孩子反而更好。"

"我女人后来要我娶她，指正式结婚，以英国的方式。我一笑置之。我不晓得她脑子里怎么会有这种主意。我觉得这只是心血来潮，我给她一条金项链让她闭嘴。但这不是心血来潮，她很认真。我告诉她做不到。但你知道女人什么样子，她们一旦拿定主意要什么，就会让你不得安宁。她又是甜言蜜语又是生闷气，她哭，要我怜悯。我滴水不漏的时候，她试图逼我答应。她很留意我温情脉脉的时候，她生病那阵就险些让我松口。我觉得，她注意我比股票经纪人留意市场行情还细心，而我知道，她看上去不论怎么自然，不论她是否忙着别的事情，她总在留心那个没有防备的时刻，让她可以对我突然袭击，如愿以偿。"

马斯特森再次给了我一个温和坦率的微笑。

"我想，天下女人都一样。"他说。

"我想也是。"我答道。

"有件事情我从来都搞不懂，要你做你不想做的事情，女人为什么觉得这很值得。她宁可你做违心的事情，也不愿意你完全不做。我不知道这有什么令她们满足的。"

"满足于获胜。勉强听从的男人可能还是抱着他原来的看法，但女人不介意。她胜利了，她证明了自己的能力。"

马斯特森耸耸肩，他喝了杯茶。

"你看，她说迟早我肯定要娶个英国女子，把她赶走。我说我没考虑结婚，她说她都知道。就算没考虑，我有一天也会退休回英国。那时她去哪儿？这持续了一年，我没让步。然后她说，我要是不娶她，她就走，把孩子带走。我告诉她别做傻事。她说要是现在离开我，她可以嫁给一个缅甸人，但过几年就没人要她了。她开始把自己的东西打包。我想这只是吓唬人，我以为是这样。我说：'好，你想走就走，但你如果走了，就别回来。'我觉得她不会放弃这样一个家，还有我给她的礼物、所有搜集来的东西，回到她自己的家里去。他们一贫如洗。好吧，她继续打包。她对我跟从前一样好，她快乐微笑；晚上有些朋友来这儿玩，她跟平时一样热情，并且跟我们打桥牌打到凌晨两点。我不相信她打算走，但我还是很害怕。我很喜欢她，她这人太好了。"

"但你要是喜欢她，你究竟为了什么不娶她？你们会很美满的。"

"我给你讲，我要是娶她，就得在缅甸待一辈子。我迟早要退休，到时我想回老家住。我不想在这里入土，我想埋在英国的教堂墓地。我在这儿很快活，但我不想永远住在这里，我做不到，我需要英国。我有时候烦了这些灼热的阳光和耀眼的色彩。我需要阴天、细雨纷纷和乡村的味道。我回去的时候，将是一个可笑的胖老头，即使我给得起钱也老得打不动猎，但我可以钓鱼。我不想打老虎，我想打兔子。我可以适当打打高尔夫。我知道自己会落伍，我们这些在这儿过了一生的家伙总是如此，但我可以去当地俱乐部走走，跟从印度退休回来的英国人说说话。我想脚下踩着英国乡镇的灰色人行道，我想可以走去跟屠户吵一架，因为他昨天给我的牛排我咬不动。我想逛逛旧书店，我想小时候就认识我的人在街上跟我打招呼。我想自己的房子后面有个围起来的花园种玫瑰。我猜你听了这些会觉得很乏味很乡下很无趣，但我们这些人一直都是这样过的，我自己也想这样过。你可以说这是一个梦，但它是我的所有，是我在世上的一切，我不能放弃。"

他停了停，看着我的眼睛。

"你是不是觉得我傻得可以？"

"不。"

"然后，有天早晨，她来告诉我她要走了。她把她的东西放在一辆推车上，即使那时我也不相信她要走。她接着把两个孩子放到人力车上，过来跟我说再见。她哭了起来。不瞒你说，我心都快碎了。我问她是否真的要走，她说是，除非我娶她。我摇摇头，我差点就让步了。我当时恐怕也在哭。随后，她大哭一声冲出房子。我得喝上半杯威士忌来定神。"

"这是多久以前的事情了？"

"四个月前。一开始，我想她会回来，随后，因为我觉得她不好意思跨出第一步，我就让仆人去告诉她，她要是想回来，我会去接她。但她拒绝了。家里没她看上去很空。我起初觉得自己能习惯，但不知为什么，家里还是那么空。我说不出来她对我有多重要，我心里都是她。"

"我觉得你要是同意娶她，她就会回来。"

"哦，对了，她给仆人说过这话。我有时候问自己，为了一个梦，牺牲自己的幸福是否值得。那只是个梦，不是吗？可笑的是，令我犹豫不决的事情之一，是我想到自己熟悉的一条泥泞小路，道路两旁一堆堆泥土，上方则是枝叶下垂的山毛榉。我的鼻孔里老是有那种冰冷的泥土味。我不怪她，你知道吗？我很欣赏她，我没想到她这么有个性。我有时候几乎要让步了。"他犹豫片刻，"我想，或许，要是我觉得她爱我，我就会让步。但是，当然了，她不爱我；这些跟白人同居的女人，她们从来不，我觉得她喜欢我，不过如此。换成是你，你怎么做？"

"哦，我亲爱的朋友，叫我怎么说呢？你会忘掉自己的梦吗？"

"绝不会忘。"

这时，男仆进来说，我的马德拉斯仆人和福特车刚刚到了。马斯特森看了看表。

"你要动身了是吧？我得回写字间了。我的家事恐怕让你闷得要命。"

"哪里哪里。"我说。

我们握手道别，我戴上遮阳帽，车开了，他向我挥手致意。

布伦津梭

　　我想去东枝停留几天，准备就绪，就在一天清晨出发了。那是雨季末尾，天很阴，但云层很高很亮。乡野疏旷，小树稀稀落落；但你不时遇到一株根须舒展的高大菩提树，就像其中的巨人。它屹立大地之上，是个适合膜拜的对象，带有一种庄重，仿佛知道自己战胜了盲目的自然力量，而现在，就像一个了解敌方兵力的强手，它按兵不动。树下放着掸人给树精的供品。道路在缓坡上蜿蜒起伏，路的两旁象草摇曳，伸延于山地平原。它的白色叶子在宜人的空气中荡漾。草比人高，我骑行其间，好似大军首领检阅无数身材高大的绿色兵士。

　　我骑在队伍之首，负重骡子与小马跟在后面。但是，有匹小马可能不习惯背囊，很是狂躁。它的眼睛很野。它不时在骡子之间狂跑，用背囊撞它们；随后，领头骡子截住它，把它赶进路边的高草丛，让它停了下来。它俩对峙片刻，然后，骡子领着小马静静回到它的队列。它现在走得心满意足。它撒过欢了，不管怎样，它准备规矩一会儿了。领头骡子的脑袋里，那些骡子似的想法就跟笛卡尔的想法一样清晰。队伍就要秩序井然，安宁愉快。行走的时候，你的鼻子对着前面骡子的尾巴，后面骡子的鼻子又对着你的尾巴，这就是美德。骡子就像有些哲学家那样知晓，唯一的自由，就是做对事情的能力；别的能力只是放纵。它们无须质疑，它们只需劳作而死。

但是不久，我就跟木呆呆站在路中央的一头水牛面对面。我现在知道，掸邦水牛并非像中国水牛那样讨厌我的肤色，要让白人敬而远之，但我吃不准这一动物对国籍是否有什么确切想法，而且，因为牛角巨大，牛眼不善，谨慎起见，我决定稍稍绕道。于是，虽然骡子也好骡夫也好并无我这样不安的理由，整个队伍还是跟我走进象草丛中。我不禁思忖，守规则守得过分，可能给自己带来很多不必要的麻烦。

我现在有大把闲暇，无事分心，决定趁这趟旅行，好好想想长久以来的种种心事。题目有很多，过失，恶行，空间，时间，机遇，变数，我都觉得应该真正得出一些结论。关于艺术与人生，我要告诉自己的有很多，但是我的念头就像旧货店的货品一样乱七八糟，当我需要它们的时候，我不晓得该如何下手。它们在我内心一隅，就像收在五斗橱隐秘之处的零碎物品，我不过知道它们放在那儿而已。其中有些东西太久没有拿出来拂拭，不免丢人现眼。新与旧混在一起，有的不再有用，不妨扔进垃圾堆，有的可以跟新的东西契合（就像久被遗忘的一对安妮女王式样的调羹，连同一位商家刚在拍卖行帮你找到的四只，就可凑成半打）。把一切清扫干净，掸掉灰尘，整整齐齐放到架上，分门别类，让自己明白都放了些什么，这会令人愉快。我决定，策马乡野之时，我要对自己的所有念头来个例行的春季大扫除。但是，领头骡子的脖子上系了一个吵闹的铃铛，叮当作响，很是扰乱我的思绪。它就像松饼小贩的摇铃，让我想起年轻时候伦敦的下午，空空如也的街道，阴冷忧郁的天空。我用马刺策马，以能一路小跑逃离讨厌的铃声，但我这么一做，领头骡子也小跑起来，而整个队伍随之疾走；我策马飞奔，骡子和小马立刻跟在后面慌张奔跑，它们的背囊一阵乱响，颠来晃去，而松饼小贩的摇铃紧跟着我狂响，仿佛正为伦敦所有松饼商人敲响丧钟。我不再抱有希望，再度安心缓行。队伍慢下来了，就在我的身后，空空荡荡、像模像样的街上，领头骡子拖着步伐前前后后供应茶点，有松饼和圆饼。我没法一心二用。至少这一天，我什么正经事也不去想了，而为了打发时间，我杜撰了布伦津梭其人。

　　作家满足之事，莫过于赢得读者尊敬。让读者笑，他会觉得你是浅薄之人，但让读者闷得恰到好处，你的名声就有保证。从前有个人叫布伦津梭。他没才华，但写了一本书，他的热诚、缜密与正直在书中显而易见，而这本书虽然不值一读，但人人印象深刻。评论家没法读完它，但不得不认可作者旨趣高洁。他们一致盛赞，因而所有自诩与时俱进者，都觉得案头必得摆上一册。《伦敦信使》的评论家说他真希望该书乃自己所写，这是他想得到的最高赞誉了。布伦津梭先生很遗憾这句话的文法，但接受恭维。伍尔芙夫人在百花里盛赞它，奥斯伯·史特威[1]先生在彻尔西夸奖它，阿诺德·本奈特[2]先生在嘉多庚广场对它发表卓见。随随便便的时髦女子买上一本，如此一来，大家就不会以为她们只晓得使馆俱乐部和减肥疗法。出席午餐会的诗人们精确无误谈及它，仿佛他们都曾通读。地方大城有人买它，在那里，品行端正的年轻人下午茶时聚在一起让心智有所增益。萧·沃浦[3]先生为该书美国版作序。书商在书店橱窗内把它堆成一摞一摞，一边是作者照片，一边是一张卡纸，上面有重要评论的长篇摘录。总之，该书如此风行，它的出版商说，要是不停卖出，很快他也得亲自读一读。布伦津梭先生成了名流，学园俱乐部邀他出席年

1　奥斯伯·史特威（Osbert Sitwell, 1892—1969）：英国讽刺作家与小说家。

2　阿诺德·本奈特（Arnold Bennett, 1867—1931）：英国小说家与剧作家。

3　萧·沃浦（Hugh Walpole, 1884—1941）：英国小说家。

度餐会。

就在布伦津梭先生的著作取得令人目眩的成功之时，首相秘书正好呈给首相一份国王生日的授封名单。这位陛下的高官满心疑虑看着它。

"一帮衰人。"他说，"公众要就此起哄的。"

秘书是个民主派。

"谁在意？"他说，"让公众闹去吧。"

"我们不可以为艺文界做点什么吗？"首相提议道。

秘书说，皇家艺术学院院士几乎都已封爵，要是再有人封爵，那些人就会大吵大闹。

"多多益善，我本来这样想。"首相冲口而出。

"非也。"秘书答道，"有爵位的院士愈多，他们的经济价值就愈少。"

"明白。"首相说，"但是英国没作家了吗？"

"我问问看。"秘书答道，他在贝列学院¹待过。

他去国家自由俱乐部问了问，人家告诉他有霍尔·凯恩²爵士和詹姆斯·巴利³爵士。但他们勋位一大

1　贝列学院（Balliol college, Oxford）：牛津大学的一个学院，创建于13世纪中叶。

2　霍尔·凯恩（Sir Thomas Henry Hall Caine, 1853—1931）：英国小说家与剧作家。

3　詹姆斯·巴利（Sir James Matthew Barrie, 1860—1937）：苏格兰剧作家与小说家。

堆，看来除了嘉德勋位[1]再没什么好给他们，但要是给他们那个，伦敦的市长大人显然就会很不高兴。然而，首相坚持不懈，秘书进退两难。但是有一天，他正在刮脸，理发师问他有没有读过布伦津梭的书。

"我不怎么读书。"理发师说，"但是我们的白洛丝小姐，就是上次给你修指甲的那位，她说这书好极了。"

首相秘书这人以紧跟最新艺文动态为己任，他完全明白布伦津梭的书是本佳作。给他荣誉，就是给国家荣誉，公众也可接受，不会做脸做色，不像用准男爵等贵族爵位奖赏较为次要的人士。但是，谨慎起见，他叫来美甲师。

"你读过没有？"他直截了当问她。

"没有，先生，我没像你说的那样读过，而是我给先生们修指甲的时候，他们都在谈论，说它简直不可多得。"

这番对话的结果，乃是秘书把布伦津梭的名字呈给首相，并给他说起这书。

"你自己怎么看？"大人问。

"我没读过，我不读书。"秘书硬邦邦答道，"但是，关于它我什么都知道。"

1　嘉德勋位（the Garter）：英国的最高勋位。

布伦津梭得到高级维多利亚勋爵的爵位。

"如果要做，我们还是把事情做好。"首相说。

但是，布伦津梭安于本色，恳请谢绝这一殊荣。这可难办了！首相秘书不知所措。不过，首相是个果决之人，他一旦决心做某事，就不容横生障碍。他聪明的脑瓜立刻找到解决方法，国王生日授封，文学终究占有一席之地。全英列车时刻表的编者获封子爵。

不清静的旅途

即使凭经验得知，我要是想安静骑行，就必须让骡队先我一个小时出发，但我还是发觉自己无法集中精力思考挑选出来的问题。虽然没什么重要事情发生，我的注意力却被路旁诸多小插曲分散。两只黑白大蝴蝶在我面前一路飞舞，它们就像年轻的战争寡妇，乐天知命，为了国家承受损失。只要克莱律治那里还有舞会，旺多姆宫还有裁缝，她们就甘愿相信世间一切都好。一只莽撞的小鸟跳到路上，不时高兴地转动着身子，仿佛要我注意它那漂亮的银灰色衣服。它看似一位从车站轻快走向齐普赛街写字间的整洁打字员。橘黄色的蝴蝶群集于一堆粪便，让我想起那些可爱的晚装女郎徘徊在一位肥佬金融家的周围。路旁有朵花很像美洲石竹，我记得儿时在乡间小屋的花园见过，而另一朵则像根茎更为细长的白色石楠花。如很多作家那样，我希望自己可以列举我骑着掸邦小马一路缓行所遇到的各种花鸟，让这几页文字不同凡响。这显得很科学，虽然读者会跳过该段，但他有些自尊得以满足的兴奋，认为自己在读一本翔实之作。当你告诉读者自己遇见 P. Johnsonii，你和他就有了一种奇怪的亲密关系。它意义重大，近乎玄妙；你和他（作家与读者）共享一门并非人人知晓的学问，你们意气相投，如同系着共济会围裙或伊顿公学领带的那些人彼此之间的感受。你们用暗语沟通。要是一本论述上缅甸植被花鸟的学术著作，其脚注有下列句子，我会非常自豪：然而，毛姆声称他在掸邦南部观察过 F. Jonesia。但植物学、鸟类学我一窍不通。当然，我可以用自己全无所知的各种科学名称填满一页。唉，一朵黄色樱草花对我来说，可不是 primula Vulgaris，它就是一朵黄色小花，永远散发着淡淡的芬芳，和着雨天，和着你心中有阵奇异颤动的阴郁温和的二月之晨，和着肯特郡肥沃湿润的泥土气息，和着那些友善苍白的面容，和着议会广场毕根菲爵爷身着铜袍的塑像，和着一位笑容甜美的少女的黄发，而今一头斑白。

我经过在树下煮食的一众掸人，他们的车子在他们周遭停了一圈，仿佛临时营地，公牛正在附近吃草。我朝前走了一两英里，遇到一位体面的缅甸人坐在路旁吸着方头雪茄。他身边是些仆人，担子放在一旁地上，因为他没骡子，他们挑着他的行李。他们升了一小堆柴火，正在煮中午吃的米饭。我停下来，我的翻译跟那位体面的缅甸人聊了一会儿。他是景栋的办事员，正往东枝某一政府部门求职。他上路已经十八天，只剩四天多的路程，看来他的旅行就快结束。随后，一位骑马的掸人打乱了我试图清理的思绪。他骑着一匹毛发蓬松的小马，赤脚踩着马镫。他穿一件白色上衣，彩裙折起，看似明快的马裤，头上系了一条黄色头巾。他是策马缓步穿越那片广袤山地的浪漫人物，但并非伦勃朗的《波兰骑士》[1]以勇猛姿态穿越时空的那种浪漫。现实中的骑手未曾取得那一神秘效果，所以，当你看着他，你觉得自己站在未知世界的门口，它诱使你前行，却又对你关上门扉。这也不奇怪，因为自然与自然之美呆板而且没有意义，只有艺术才能赋予它们意涵。

　　但是有这么多事情分心，我不禁怀疑自己走完这程，我先前答应自己要考虑的重要问题，终究一个也决定不下来。

1　《波兰骑士》：指油画《波兰骑士》，作者为伦勃朗·梵·莱茵（Rembrandt Harmenszoon Van Rijn, 1606—1669）。（编者注）

荒诞的译者

　　每日行程约十二到十五英里，这是骡子可以轻松应付的距离，也是公共工程处的平房彼此坐落的距离。但因为这是每日例行，你的感觉就像整天乘坐特快列车旅行。当你抵达目的地，虽然只走了几英里，实则远离出发地，仿佛你从巴黎去了马德里。你顺着一条河骑行几天，它似乎长得令人难忘；你问它的名字，却惊奇地发觉它并无名字，直到你停下来思忖，才知道自己跟它走了不超过二十五英里。昨天跨越的山地与今天穿行的丛林给你留下的不同印象，就像两国之间的差别一样。

　　但是，因为平房建得都一样，你虽然骑了几个小时的马（旅队每小时走两英里多一点），但似乎总是去到同一所房子。它距道路数码之遥，几间房子位于一所院内。有个大客厅，后面有两间带浴室的卧房。客厅中央是张漂亮的柚木桌。有两把带长腿的安乐椅，四把结实简朴的扶手椅摆在桌子周围。有个柜子，上面放了1918

年的《河滨杂志》，还有菲利普·奥本海姆两本翻得破破烂烂的小说。墙上有道路剖面图，《缅甸运动会规则概要》，平房家具和日常用具的清单。院内有仆人房间、马厩和一间厨房。这些当然不够漂亮不太舒适，但坚固实在，派得上用场；而不管哪所平房，我虽然以前从未见过以后也不会再见，但一个早晨的旅行下来，我一看到它，多半会有一丝因为满意而来的兴奋。这好比回家，我一见到它那整洁的屋顶，就用马刺策马，急忙朝着门口飞奔。

平房通常位于村外，当我抵达村口，发现等候我的有村长和他的文书、一位随从、村长的一个儿子或侄子，还有长老们。见我走近，他们弯腰行礼，给我呈上一杯水、几朵万寿菊和一小把米。我满腹疑虑喝了水。但是当我接过盛有八支细蜡烛的一个盘子，他们告诉我，这是对我的最高礼遇，因为这些细蜡烛都是供在佛像前的。我不禁觉得，自己当不起这样的敬意。我在平房安顿下来，然后翻译告诉我，村长和长老们站在外面，想要给我奉上惯常的礼物。他们用几个漆盘把礼物端进来，有鸡蛋、米饭和香蕉。我坐在椅子上，他们在我面前的地上跪成半圆形。村长比来画去，却又镇定自若，给我来了一通长篇大论。通过我的翻译，我想我察觉到有些话似曾相识，我似乎看到某些东西是有关一面旗帜和越过大洋的双手，还有一种请求，即我带回本国的，应该不单是这一遥远国土的问候，还有这些居民希望政府修筑一条碎石路的迫切要求。我感觉这成了我要答复的事情，即使不能说服他们，至少也得长篇大论。我只是一个漫游的陌生人，他们要是凭借自己所收到的为我的旅途提供便利的命令，而误以为我是一位要人，那么至少，我自己可以不这样行事。我并非政客，我耻于道出帝国的陈腔滥调，而以管治帝国为己任的那些人，他们却可脱口而出。或许，我可以告诉我的听众，他们有幸受控于这一强权，它安于放任他们。该地专员每年都要下来一次，调解他们自己解决不了的分歧，倾听他们的抱怨，任命需要任命的新村长，然后就让他们自行其是。他们依照自己的习俗自治，可以随意种稻、嫁娶、生育、死亡和敬神，不受任何人的干涉。他们见不到军人，也没有监狱。但是，我觉得讲这些并非我能胜任，所以就安于退而求其次，说些令他们开心的事情。我虽不擅演说[1]（我在公开场合的讲话，一只手就可以数完），但为了答谢送给我的鸡蛋、香蕉和米饭，诌几句得体而风趣的话倒也不难。

然而，就鸡蛋、香蕉和米饭说上四十遍不同的话却难了，我很快就凭经验发觉，鸡蛋根本不新鲜。但是，想到我要是每天说同样的话，我的翻译会看轻我，所以

1　毛姆一生苦于口吃。

早晨骑行的时候，我绞尽脑汁，就我得到的欢迎和礼物想些新的答谢用语。一天又一天，我编了三十来套不同的话，而当我坐下来，翻译翻着我的话，我看到村长和长老们明白了某个要点或是听懂了某个笑话时，他们对我微微点头或摇晃身体，我很是满意。后来有天早晨，我突然想到一个新的笑话。这笑话很棒，刹那之间，我知道自己该如何把它用在讲话里。因为色情胜过简洁成了风趣之魂，英美很多幽默家很直接，可听众的古板（或许还有装模作样）逼他四处寻找笑料，而非在最易发现的地方寻觅。但是，正如相对于有自由空间的无韵诗，囿于品达体颂歌[1]复杂格律的诗人，反而可以吟出更为优美的诗句，我们的幽默家所面对的困难，常常使他们发现出人意料的笑料。他们找到大堆笑话，若非因为禁忌，他们绝不会去寻找。威胁幽默家的两大隐忧，一是言之无物，一是令人厌恶；遗憾的是，英美幽默家不得不忍受这一事实，即言之无物比令人厌恶更易惹恼观众。

不过，我现在了解我的听众了，我虽然无意粗鄙，但这个笑话只是稍稍涉及不雅，就像一只蚊子碰了一下你的脸，当你一巴掌拍去，它却嗡嗡飞走了。这笑话让我很开心，我骑马前行，想着我要见到的那位村长和那些长

1　品达体颂歌：源于古希腊诗人品达（Pindar）。

老，他们跪在我面前的地上，笑得发抖，左摇右晃。

我们到了。村长五十七岁，当了三十年的村长。他带了侄子来，是个开始长胡须的腼腆后生，还有四五位长老和文书，这人坐得稍稍靠边，是个年岁不可估量的人，皮肤皱巴巴，一把稀疏的灰白胡子，这么老的一个人，似乎不像个人了。他看似一座坍塌的佛塔，进犯的丛林很快就会扑向它，它将不复存在。

我如期讲了话，当我讲到自己的精彩笑话，翻译咯咯笑了起来，两眼放光。我很高兴。我讲完了坐回椅子上，而他在翻译我的堂皇之词。围成小半圈的听众转过去，用专注的黑眼睛望着他。我的翻译很会讲话，口若悬河，从容不迫，善于比画。我一直觉得他把我的话翻译得很好，我从未做过这么风趣的演讲。但令我吃惊的是，似乎没效果。我的妙语没有赢得一个笑容，他们客气地听着，但脸上并无任何表情令人觉得他们感兴趣或者开心。我之前把最好的笑话放到最后，当我估计这个笑话就快出现，我嘴带微笑，身子前倾。翻译讲完了，没有笑声，也没哧哧声。我得承认我很不高兴。我向村长表示仪式结束了，他们弯腰行礼，挣扎着起身，相继离开了平房。

我踌躇片刻。

"我觉得他们不太聪明。"我斗胆说道。

"我们遇到的人就他们最蠢。"翻译愤愤然道，

"我每天都讲同一个笑话，这是头一次没人笑。"

我有点吃惊。我怕自己没听明白。

"对不起，请你再说说？"我说。

"您为什么要讲那些不一样的话，先生？为了这样无知的人，您太费心思了。我每天都讲一样的话，他们很喜欢。"

我沉默片刻。

"跟你没关系，我还是背乘法表好了。"我接着说，觉得很是讽刺。

翻译开心一笑，对我亮出满口白牙。

"就是，先生，这会省您不少麻烦。"他说，"您背乘法表，然后我讲我的。"

糟糕的是，我不敢肯定我还记得。

掉队的骡子

清晨出发，我见到下露，因为露珠很沉，天灰灰的；但是不久，太阳穿云而出，现在一片蓝天，而积云就像在北极周围静静戏耍的白色海怪。乡野人烟稀少，道路两旁都是丛林。有几天，我们走一条宽路，穿越景色优美的山地，路上没铺碎石，但很硬，地面有牛车经过的深辙。我不时看到一只鸽子或乌鸦，但鸟很少。离开空旷地带，我们途经僻静山岗与竹林。竹林是个优雅之地，它有魔幻森林的气氛，你可想象在那绿荫之中，一则东方故事的女主角，公主和她的王子情人，正可在此经历他们令人惊叹的奇遇。当阳光照进，微风拂过雅致的竹叶，真是如梦似幻：它的美，并非自然之美，而是戏剧之美。

我们终于到达萨尔温江[1]。这是源自青藏高原的大

---

1 萨尔温江：中国境内称为怒江。

河之一，布拉马普特拉河、伊洛瓦底江、萨尔温江、湄公河，它们平行南下，洪流注入印度洋。我很是无知，到了缅甸才听说它，而即使那时，它对我也只是一个名字。它不像恒河、台伯河、瓜多基维河[1]等河流，令人永远有所联想。只因我沿江而行，它对我才有意义，才有意味深长的神秘。它是测量距离的一种方法：我们距萨尔温江还有七天，还有六天；它似乎非常遥远。在曼德勒，我听大家说：

"罗杰他们不是住在萨尔温江吗？你过江得去找他们。"

"哦，我亲爱的朋友。"有人告诫道，"他们是住在暹罗边境的，三个星期的旅程，你是去不到他们那里的。"

我们遇到路上罕有的旅人时，我的翻译或许跟他聊过，就会过来告诉我，此人三天前过了萨尔温江。水位很高，但正在下降；遇到坏天气，过江并非易事。"萨尔温江的那一边"听来激动人心，而乡野似乎模糊并且漠然。我把一个又一个琐细的印象加起来，一个彼此分离的事实，一个字，一个称呼，还有记忆中一本旧书的一幅版画，我用联想让这一名字丰富多彩，就像司汤达书中的情人用想象的珠宝装扮他的所爱，很快，萨尔温

---

1 瓜多基维河：西班牙南部一条河流。

江的念头令我沉醉于幻想。它成为我梦中的东方之河，一条宽阔之河，深沉而隐秘，流经林木茂盛的山冈，它有着浪漫传奇，有着幽暗的神秘，让你难以相信它四处奔流注入海洋，它应该像个永恒的符号，起源于未知之地，最终迷失于无名之海。

我们距萨尔温江还有两天，还有一天。我们离开大路，走上一条多岩石的小道，它蜿蜒出没于丛林山间。浓雾密布，两旁的竹林鬼影幢幢。它们就像大军的苍白幽灵，殊死搏斗于人类漫长历史的开端，而现在，它们萎靡不振，在不祥的静默中等候，守望不为人知的事物。但是，巨大的树影不时浮现，笔直而且壮观。一条看不见的小溪潺潺流淌，此外则是一片寂静。没有鸟鸣，蟋蟀也不出声。你似乎蹑足而行，仿佛此地不关你事，而危险将你包围。幽灵像是在看着你。有一次，一截树枝断裂坠地，声音尖锐，出人意料，就像手枪一声枪响，令人大吃一惊。

不过，我们终于走到阳光下，很快经过一座邋遢村庄。突然，我看到萨尔温江在我前面泛出银光。我本来准备像勇敢的柯特兹[1]在其巅峰时期那样感受一番，并急于带着狂想来打量这片水域，但是，它予我的激情我已耗尽。比起我的期盼，它更为寻常，不那么壮观；实际

1　柯特兹（Hernan Cortez，1485—1547）：西班牙探险家，为阿兹特克帝国的征服者。

上，它不比彻西桥下的泰晤士河宽。它没湍水，流得很快，无声无息。

筏子在河边（两个独木舟系在一起，上面铺了竹子），我们开始卸下骡子驮的行李。有一头骡子突然受惊，向河里冲去，大家还没来得及截住，它已跳进河中。它被冲走了，我从未想到这条混浊迟缓的河流会有如此力量；它被河水裹挟，急速而去，骡夫大叫，挥动手臂。我们看到可怜的畜生拼命挣扎，但它注定要溺毙，好在一条河湾遮住视线，让我看不到它。当我带着我的小马和个人物品过了河，我以更多敬意看着这条河，因为我觉得筏子似乎不太结实，到得彼岸，我倒也不感到难过。

平房位于河岸顶端，草地和鲜花环绕四周。一品红的鲜艳使房子更显漂亮。它少了些公共工程处平房通常所有的简朴，我很高兴选择这个地方逗留一两天，让骡子和我疲乏的四肢得以休息。从窗户望去，群山环抱的河流，看似一条经过装饰的水道。我看着筏子来来往往运送骡子与行李。骡夫兴高采烈，因为他们就要歇歇了，而我之前给了工头一点钱，他们可以好好吃一餐了。

随后，他们完工了，仆人们把我的东西拿了出来，安宁降临，河流空空，复归朦胧的遥远，仿佛从未有人在其弯曲的河谷历险。万籁俱寂，白昼消逝，宁静的河水，宁静的山林，宁静的夜晚，三者美妙无比。日落之前某一时分，那些树木似乎从暗黑的丛林中分离出来，成为单独一员。然后，你分辨不出林中树木。当此奇妙时刻，树木似乎获得一种新的生命，所以，不难想象树精栖息其间，趁着暮色，它们将有能力变换自己的位置。你感觉某一未定时刻，它们会有奇事发生，它们会奇妙地改变形状。你屏住呼吸等待奇迹，这一想法带着一丝惊恐的期盼，令你内心激动。但是夜幕降临，这一刻过去了，丛林再度收回它们，就像尘世收回年轻人，他们内心以为年轻就是天赋，但是濒临一次伟大的精神奇遇，他们在刹那间踌躇不前，于是被周遭吞噬，沉回茫茫人海。树木再度成为丛林一员，它们静止不动，即便不是一团死寂，也只是过着郁闷倔强的丛林生活。

这地方如此可爱，平房及其草地与树木如此温馨安宁，有一阵子，我甚至想在这里不止住上一天，而是一年；不止住上一年，而是一世。这里到火车站要十天，我与外界的唯一联系，就是偶尔来往东枝与景栋之间的骡队；我唯一的交往，则是河对岸邈遐村落的村民。我就这样过上很多年，远离尘世的骚动、嫉妒、苦痛与怨毒，连同我的思考，我的书，我的狗，我的枪，还有我周围那些广袤、神秘与茂盛的丛林。但是，唉，生活不只由年份组成，还有小时，每天有二十四个小时，并非自相矛盾，这比过上一年还要艰难。而我知道，一个星期之后，我不安的灵魂就会驱我上路，不是去往想好的真实目标，而是如枯叶般被一阵风吹得没有目标地乱飞。但是身为作家（非诗人也！不过一介小说家），我可以让别人过自己过不了的生活。此地适合上演年轻恋人的牧歌，我让自己的想象漫游，想出一则故事来配衬这片宁静可爱的风光。但是，不知为什么，我摆脱不了美总是包含一些悲剧东西的这一窠臼，我的虚构陷入乖张模式，我贫弱的想象遭逢失败。

突然，我听到院内一阵喧哗，我的噶喀仆人这时端了一杯苦金酒进来，我习惯用这个来打发即将过去的一天，我问他怎么回事。他的英语讲得还可以。

"淹死的那头骡子，它回来了。"他说。

"死的还是活的？"我问。

"哦，它活得上好。赶骡的家伙他狠狠打了骡子一顿。"

"为什么？"

"叫它不要卖弄。"

可怜的骡子！摆脱了重负与磨着它身上痛处的鞍子，看到眼前宽阔的河流与河对岸的青山，它兴奋得都快疯了。啊，为了撒撒野！不过是这些天来单调劳作之后的放纵，感受一下四肢活力的快乐。冲入河中，然后被不可抗拒的水流带走，拼死争斗，气喘吁吁，对死亡突生惧怕，而最后去到几英里外的下游，挣扎上岸。沿着丛林小路奔跑，随后夜色将至。好，它撒过野了，它觉得这样更好，现在，它可以悄悄回到院内，别的骡子都在这里，它准备第二天或第三天再次负重，在队伍中安安静静走它的路，鼻子对着前面骡子的尾巴；而当它回来，历险之后高高兴兴，安安心心，他们却打它，因为他们说它一直都在卖弄。就好像它很在乎他们，所以才费劲卖弄一番似的。唉，好吧，该打。哎哟，可怜！

单人纸牌

我再次上路。日复一日，千篇一律，但并不沉闷。黎明，一只打鸣的公鸡唤醒我；院内很多声音，先是一种声音，停了一下，又是另一种声音，带着一丝犹疑，不知不觉打破了夜的寂静，就像一曲交响乐中，一种乐器接着另一种乐器奏出第一段主题：一日的主题与人类的劳作。院内各种声音让我再也睡不着：有一头骡子的脖子系有铃铛，它一活跃或是闪避就叮当作响；一头驴在叫；骡夫懒洋洋地走动，压低声音交谈，大声唤着牲口。集合的灯光溜进我的房间。然后，我听到我的仆人们在走动，不一会儿，名叫阮腊的噶喀仆人端茶进来，收起我的蚊帐。我喝着茶，吸着一日之中第一支香烟。我的脑子里都是愉快的念头，零星的对话，一个比喻或一段铿锵有力的短句，给某个人物添加一两个特征、一段情节，而懒洋洋躺在那儿让我的想象漫游真是令人愉快。但是，阮腊把我的刮脸水悄悄端进来了，想到水很快就会凉，我赶紧起床。我刮了脸，洗了澡，早餐已经备好。我要是运气好，村长或平房门卫还会送我一只木瓜。很多人讨厌这种水果，它的确需要你去习惯，但一旦尝过，你就会很喜欢。它集清香与药效于一体（是否因为含有某些帮助消化的奇妙成分），所以，吃这种水果，你不仅满足口腹，而且兼顾心灵。它就像一位漂亮女子，与之交谈，身心皆可得益。

随后，我抽着我的烟斗，为了醒神，我怕是够悠闲地读着一册不太笨重可以一卷在手的哲学论著。第一批骡子已经出发，我的卧具现在卷起来了，我的早餐餐具收进了相应的箱子，所有东西都由留在后面的骡子驮着。我让他们先走。我一个人留在平房，我的小马拴在栅栏上，我留心观望，可以说，尽管村子就在我的四周，平房外面长着树木，房内的桌椅却归于沉寂，而它们曾因我和旅队的到来而被粗暴掠用了几个小时。当我走下台阶解开小马，寂静，就像一个用一根指头压着嘴唇的疯癫老妇，经过我的身旁，溜进我离去的房间。挂在钉子上的公路地图更为实在，因为我已离去，我一直坐着的躺椅发出一声吱嘎的叹息。

我策马而去。

我追上了骡队，他们距下一处平房很近了，知道快到了，他们加快了步伐。他们现在走得有点匆忙，铃在响，行李在晃，骡夫对着骡子喊叫，彼此呼唤。骡夫都是云南人，身材魁梧，脸色古铜，衣衫褴褛，一身脏污，但他们满不在乎，无忧无虑。他们迈着懒洋洋的步子行走于亚洲各处，行行复行行，他们的黑眼睛里，是空旷的大地与淡蓝的远山。院子里，骡子围着骡夫挤成一团，都想自己的背囊先卸下来，一阵喊叫、踢打与推撞。背囊用皮带捆在轭上，要两个人才解得开。解开之后，骡子后退一两步，弯下脑袋，仿佛因为得到解脱而道谢。随后，放背囊的鞍子取下来了，骡子躺在地上滚来滚去，舒解背部的疼痛。一头接一头，卸下负担的骡子漫步走向院子外面的青草与自由。

苦金酒在桌上等着我，然后我用咖喱餐，饭后我躺在一把躺椅上睡了起来。当我醒来，我就带枪出去。村长派了两三个后生，带我去可以猎鸽或者野鸡的地方，但是猎物很胆怯，我的枪法不好，通常徒劳无功而返，不过在树丛里爬摸一气。天黑了，骡夫唤着骡子，把它们关在院内过夜。他们用一种尖厉的假嗓唤骡，声音粗野，听来简直不像人声；这种喊叫奇特甚至可怕，令人隐约想到亚洲的广袤，还有天晓得他们是源自多少世代以前的那些游牧部落。

我读书读到晚饭备好。我要是那天渡过一条河，就吃一条多刺无味的鱼；要是没过河，则是沙丁鱼或金枪鱼罐头，一碟硬邦邦的肉，还有我的印度厨子会做的三道甜品之一。然后，我就玩单人纸牌。

我一摆好牌就自责。想到人生短暂，一生中有那么多重要的事情要做，这只能证明习性轻浮，竟然把自己的时间浪费在这样的事情上面。我带了很多可以令自己与他人获益的书，有文体方面的经典之作，研读它们，认识我们书写的这一艰深语言，我可以有所进步。我有一册《莎士比亚悲剧全集》，开本小巧，足以放进衣袋，我决心旅行途中每天读上一幕。我向自己保证，这样做既有乐趣也有益处。但是，我晓得单人纸牌的十七种玩法。我试了蜘蛛牌戏，但根本玩不通；我试了他们在佛罗伦萨俱乐部玩的那种单人纸牌（你应该听到佛罗伦萨有些贵族家庭如巴吉或史特罗吉家的人胜利过关时的叫喊）；我还试了最难的一种单人纸牌，那是来自费城的一位荷兰绅士教我的。当然，完美无缺的单人纸牌从未有人发明。这需要很多时间来玩：它应该很复杂，要你动用所有才智；它应该要求深思，要求你有缜密推理，运用逻辑并权衡机遇；它应该充满绝处逢生的逃亡，所以，你出错了牌，眼见大祸可能临头，就会心跳不已；当你觉得自己的命运有赖于翻开的下一张牌，它应该令你在悬而不决的绝顶头晕目眩；它应该令你痛苦焦虑；它应该具有你必须避开的危险，以及只有不顾一切的勇气才可克服的艰难；最后，你要是不曾出错，你要是抓紧时机，勒住无常命运的脖子，你的努力就将取得胜利。

但是，因为这样一种单人纸牌并不存在，我最后总是回到那个令甘菲德之名不朽的牌戏[1]。当然，它虽然很难玩通，但你至少知道某些结果，而当看似满盘皆输，突然翻出的一张好牌却可让你松一口气。我听说纽约有位可敬的先生是个赌徒，他一副牌卖你五十美金，而你玩通的牌每张付你五美金。那地方富丽堂皇，晚餐免费，香槟任喝，为你洗牌的都是黑人。地上铺着土耳其地毯，墙上挂着梅索尼耶[2]与莱顿[3]爵士的画，还有真人大小的大理石像。那地方我想肯定很像兰斯唐大厦。

隔了这么远回忆起来，它于我有些风俗画的迷人之处。当我摆好七张牌，然后六张，我自丛林平房的静室（好像是把望远镜倒过来看），看到玻璃枝形吊灯照得通明的那些房间，人群，烟雾，还有赌窟内紧张而悲惨的气氛。这个繁杂、堕落与挥霍的精彩世界让我停留片刻。世人犯下的一大错误，是以为东方堕落；恰恰相反，东方人有着普通欧洲人将会觉得美妙的适度。他的美德并非如欧洲人的美德那般，但我认为他更高尚。说到堕落，你必须在巴黎、伦敦或纽约找寻，而非去到贝

1　令甘菲德之名不朽的牌戏：即甘菲德牌戏，因美国赌徒理查·甘菲德而得名。

2　梅索尼耶（Jean Louis Ernest Meissonier, 1815—1891）：法国画家。

3　莱顿（Frederick Leighton, 1830—1896）：英国画家。

拿勒斯[1]或者北平。但是，这是否因为东方人不像我们那样被罪恶感所压迫，觉得无须违反在其久远历史中制定的适宜法则，或者，是否就像东方的文学艺术所展示的（它充其量只是令人费解，不过单一主题的重复变化），他没有想象力。我何人也，可以论说？

我该上床了。我钻进蚊帐，点燃烟斗，读起专为此刻准备的小说。我一整天都盼着它。这是《盖尔芒特家那边》，我担心自己太快读完，严格限定每次只读三十页（我以前读过，我要是读完，真是不能再读了）。当然，很多地方非常沉闷，但我在乎什么？我宁愿被普鲁斯特闷住，也不要别人逗我开心，而三十页我太快就读完了；我似乎得让两眼悠着点儿，不要跟着一行行字跑得太快。我熄了灯，陷入无梦的睡乡。

但我敢说，睡不熟十分钟，打鸣的公鸡就会唤醒我。院内很多声音，先是一种声音，停了一下，又是另一种声音，就会打破夜的寂静。集合的灯光溜进我的房间。新的一天开始了。

1　贝拿勒斯：印度东北部城市瓦腊纳西的旧称。

意大利神父

　　我不知道时辰了。现在，路不成其为路，走不了牛车，只是一条羊肠小道，我们排成一列行进。我们开始攀爬，萨尔温江一条支流汹汹流过我们下方的岩石。道路在山间蜿蜒上下，穿越我们正在通过的山谷，它一会儿与河流平行，一会儿又高居其上。天很蓝，但不是意大利那种鲜明撩人的蓝，而是东方之蓝，苍白柔弱，无精打采。现在，丛林有着你想象中原始森林的所有气氛：八十或一百英尺高的笔挺大树，没有分枝，在阳光下炫耀着他们的伟力。叶子巨大的爬藤缠绕大树，较为矮小的树木则被寄生植物覆盖，就像一位新娘披着面纱。竹子有六十英尺高。野生大蕉到处生长，它们像是由某位灵巧的园丁摆在那里，因为它们一副刻意完成装点的样子。它们很壮观：下面的叶子裂开了，又黄又蔫，就像怀着嫉妒与怨恨面对青春之美的刻毒老妇；但是上面的叶子柔软、青翠、可爱，光彩傲人，它们有着年少佳丽的骄傲与冷漠，丰厚的叶面汲水一般吸收着阳光。

　　一天，为寻找捷径，我冒险走上一条直通丛林的小路。比起我留在大路上所看到的，那里更多生气。我经过时，野鸡在树梢疾行，鸽子在我四周咕咕叫，一只犀鸟一动不动站在树枝上，让我看着它。看到鸟兽自由自在，它们的天然居所好似动物园，我从来都难掩惊奇。记得有一次，在马来半岛东南角一个偏远岛屿，当我看见一只大鹦鹉盯着我，我四处找它逃跑的笼子，不曾想到它就在家里，从来不知约束。

　　丛林不是很密，阳光大胆穿越林木，用缤纷奇妙的花纹装饰着地面。但是过了一阵，我察觉自己迷路了，并非像有人迷失在丛林中那般严重与悲惨，而是像在贝思沃特[1]的广场与街道之间迷路；我不想折回来路，而阳光下的道路很是诱惑，我想我可以再往前走一点，看看会有什么事情发生。突然，我发现一座小村庄，只有竹栏围住的四五所房子。令我吃惊的，不仅是发现这座距大路六七英里的丛林村落，而且，村民肯定会看到我，但无论他们还是我，都未因此而表露异样的举止。小孩在干燥多尘的地上玩耍，我一走近就四散而去（我记得在某地，有人问我可否让两个从未见过白人的小男孩来看看我，可他们一见恶心，吓得尖叫，马上就被

1　贝思沃特（Bayswater）：伦敦一处地名。

带走了）；但是，提着水桶或在舂米的妇女满不在乎，继续干活；男人们坐在阳台上，漠然扫视着我。我很想知道这些人怎么来到这里，他们做些什么；他们自立，纯然过着自己的生活，仿佛住在南洋的珊瑚礁上与世隔绝。我对他们一无所知，也不可能知道。他们跟我全然不同，好像属于另一物种。但是，他们跟我有一样的激情，一样的期盼，一样的欲望，一样的悲伤。我想，对于他们，爱也如雨后阳光，我还想到，他们也会吃得过饱。但是，对于他们，一成不变的日子不慌不忙，不惊不诧，相继累积成为长列；他们跟随自己既定的周期，过着他们的前辈所过的生活。这一模式有迹可循，他们只需跟随。这难道不是智慧，他们的始终如一之中，难道没有美好之处？

我策马前行，没出几码，再度置身密林。我继续攀爬，道路两次跨过湍急的小溪，然后蜿蜒向下，盘山而行，山上的树木茂密得令你感觉可以在树梢行走，就像走在绿色的地板上，走到阳光下，我看到平原和我那天要去的村庄。

村子名叫勐平，我决定在此休息一阵。天气很暖和，下午，我穿着衬衣坐在平房的阳台上。我吃惊地看到一位白人向我走来。自从离开东枝，我还没见过一位白人。我随即想起出发之前他们告诉我，沿途某个地方，我会见到一位意大利神父。我起身迎接他。他很瘦，就意大利人来说个子很高，相貌端正，有一对漂亮的大眼睛。他因为疟疾而发黄的脸上，虬曲如亚述国王的一大把黑髯几乎盖到双眼。他的黑发浓密而卷曲。我猜他的年龄介于三十五到四十岁。他穿一袭褴褛的黑色教袍，又脏又破，戴一顶破旧的卡其盔帽，白裤白鞋。

"我听说你要来。"他对我说，"想想看，我十八个月没见过一位白人了。"

他的英语说得流利。

"你需要什么？"我问他，"我可以给你威士忌、苦金酒、茶或咖啡。"

他微微一笑。

"我两年没喝过一杯咖啡了。我喝完了，我发觉自己没它也很好。这是奢侈品，我们在这里传教的钱很少。不过，这可是一种损失。"

我叫噶喀仆人给他冲了一杯，他品尝着，眼睛发亮。

"甘露。"他叫道，"真是甘露。人应该过过匮乏的生活。只有这样，你才能真正享受它们。"

"我给你两三听吧。"

"你匀得出来吗？我会送你一些我园子里种的生菜。"

"你在这里多久了？"我问。

"十二年。"

他沉默片刻。

"我兄弟是米兰的神父，说要寄给我回意大利的钱，好让我在母亲去世前见她一面。她老了，活不了多久了。他们以前常说我是她最喜欢的儿子，的确，小时候她把我宠坏了。我当然愿意再见到她，但说实话，我害怕走；我想我要是走了，就没勇气回来见这里的人了。人性很脆弱，你不觉得吗？我信不过自己。"他微笑着，做了一个奇怪的可怜手势，"没关系，我们会在天堂再见。"

然后，他问我有没有照相机。他急于寄一张新教堂的照片给伦巴第的一位女士，因为她虔诚的慷慨，他才得以修建它。他带我去教堂，是间朴实无华的大木屋；祭坛背后的屏风贴着一张画得很差的耶稣基督像，是景栋一位修女画的，他请我给这幅画也照一张，等我到了景栋参观女修院，就可让那位修女看看她的作品在这里的样子。有两条小长凳，用于人数不多的集会。他很自豪，也可以自豪，因为教堂、祭坛和长凳都是他跟信众建造的。他带我去他的院子，领我看给他照管的孩子们做教室与寝室的朴实房子。我记得他告诉过我，他们有三十六个。他领我去他自己的小平房。客厅很宽，教堂建好之前，他把这里也用做礼拜堂。后面是间小卧室，大小如僧侣斗室，只有一张小木床、一个洗脸架和一个书架。卧室一旁是间很脏很乱的小厨房。两个女人正在里面。

"你看，我现在很神气，有个厨子，还有帮厨的女佣。"他说。

那个年轻的女人是兔唇，她咯咯笑着，用手竭力掩饰。神父对她说着什么。另一个蹲在地上，舂着臼里的草药，他和善地拍拍她的肩膀。

"她们在这儿快一年了。"他说，"她们是母女。母亲，可怜人，一只手是畸形的，女儿，你看到了，可怕的嘴唇。"

除了兔唇女儿，这女人以前还有丈夫和两个孩子；但几周之内他们突然相继死去，她的村人以为她邪灵附身，把一贫如洗的她和女儿逐出村子，逐到一个她们毫无所知的世界。因为听说基督徒不信邪，她去了丛林中另一个村子，那儿住着一位传教者，他乐意给她提供住处，但是他很穷，不能给她吃的。他让她去找神父。这要走上五天，而且雨季开始了。她和女儿背着自己仅有的东西，不过是她背得起的一小包而已，然后出发了。她们沿着林中小路前行，翻山越岭，晚上要是碰到有村落，她们就睡村里，要是没有，就睡路旁的岩石下面或者树下。但是，途经村落的村民试图劝阻她们，因为众口一词：神父把孩子们带到他的房子里，过了不久，又把他们带去仰光献给海神换钱。她们吓着了，但没有村子愿意收留她们，神父那里是她们的唯一避难所。她们继续往前走，终于，绝望却又惊恐，她们见到了神父。他说她们可以住外面一间房子，给学校的学童煮饭。

我们到客厅坐下。里面什么舒适物品也没有，有张大桌子，两三张简朴的直背木椅；几个架子，上面很多宗教书，是发霉的平装本，还有大量天主教的期刊。我见到的唯一一册世俗书籍，是那本沉闷的名著《约婚夫妇》[1]（当曼佐尼与沃特·司各特爵士相会，后者称赞他的作品，曼佐尼则表示自己得益于威弗莱系列小说，说《约婚夫妇》不是他的作品，而是沃特爵士的，对此，沃特爵士答道，那么，这就是我最好的作品了。但是，沃特爵士是出于大度才这样讲，那书闷得令人受不了）。不过，神父每月收到一包意大利日报《晚邮报》，他告诉我，他逐字逐句都读了。

"它令我开心。"他说，"毫无疑问。但是，我还把读报当作精神锻炼，因为我经不起让自己的能力衰退。我知道意大利发生的每一件事，斯卡拉在演什么歌剧，有哪些剧本上演，哪些书出版。我读政坛的演说，一切。通过这种方式，我与世界同步。我的头脑保持活跃。我不觉得自己还会回意大利，但要是回去，我将退回到自己的环境中，仿佛从未离开一样。在这种生活

---

1 《约婚夫妇》：19世纪意大利作家曼佐尼的名著。毛姆随即提到的威弗莱，是英国作家司各特同名小说的主人公，司各特后来的多部小说都以威弗莱为主人公。

里，一个人绝不能让自己有片刻的松懈。"

他滔滔不绝，嗓音洪亮，他爱笑，他的笑声响亮而热诚。他初到此地，住的是公共工程处的平房，并开始学习语言。别的时间，他用来修建我现时所在的小屋。随后，他进了丛林。

"掸人我无能为力。"他告诉我，"他们是佛教徒，满足于佛教。它适合他们。"他漂亮的黑眼睛不以为然地看了我一下，然后，他面带微笑，说了下面这番话，而我看得出，这话对他来说很是大胆，令他自己也有些吃惊。"你知道吗，必须承认，佛教是很好的宗教。有时候，我和某个寺庙的和尚长谈，他不是没文化的人，我不能不敬重他和他的信仰。"

他很快发现只能寄望于影响丛林中偏僻小村落的村民，因为他们是鬼神崇拜者，对恶力的畏惧持续不断，令他们不知所措，而他就等着他们落入圈套。但是，那些村子很远，在山里，他常常得走上二十、三十甚至四十英里才能去到。

"你骑马？"我问。

"不，我走路。要是买得起一匹小马，我当然愿意骑马，但我喜欢走路。在这乡下，你需要多锻炼。我想等我老了，我得有匹小马，到了那个时候，我可能有钱买一匹了，但我只要正当壮年，就没理由不用上帝给我的双脚行走。"

到了一个村子，他习惯去村长家找住处。大家晚上收工回来，他把他们聚在阳台，跟他们讲话。现在，经过这么些年，方圆四十英里都知道他，他很受欢迎。有时候，有人捎信来，请他去还没去过的某个偏远村落，让大家可以听他说话。

我想起丛林中遭遇的那个对人有压迫感的浓绿所阻隔的偏僻小村。我想在自己心中描出一幅那些人的生活图景。当我问及，神父耸耸肩。

"他们劳动。男人和女人一起劳动。那是一串不间断的艰辛。说真的，在山上那些丛林村落，生活不容易。他们种稻子，你知道这费时费力，然后收割；他们种鸦片，一有空隙，他们就去丛林采集野味。他们饿不死，但仅此而已，因为他们从不休息。"

当我漫游乡野，涉水渡河或跨过乡间桥梁，翻越林木覆盖的山岭，经过稻田，在一座座都是竹屋的村庄停留过夜，跟一长串形容枯槁或面容果敢的村长谈话，我觉得自己就像陈列在某一古老荒芜的宫殿内一幅挂毯中的人物。这是一幅冗长的暗绿色挂毯，你隐约看到其中僵硬的黑色树木，褪色的溪流，有着奇怪房屋的村落，轮廓模糊的人们忙个不停，他们的动作有着一种神秘、神圣和晦涩的意味。但是，有时我到达一个村庄，村长和长老们跪在地上为我奉上礼物，我似乎从他们黑色的大眼睛中看到一种奇怪的渴望。他们谦恭地看着我，仿佛期待我给他们一个渴望已久的信息。我希望自己可以发表一通令他们兴奋的演说，我希望自己可以传达他们似乎渴求的喜讯。但我不能告诉他们自己一无所知的彼岸世界。神父至少可以给他们一些东西。我似乎看见他到了某个村子，脚走痛了，人累了，而当夜幕降临，大家不再劳作，他坐在阳台的地上，或许是借着月光，或许只是借着星光，给那些黑暗中的沉默人影讲着新奇的事情。

我不觉得他是个很聪明的人，当然，他有个性，机灵。他很清楚山地掸人让他们的孩子来他这里，只是因为他给他们提供衣食宿，但他耸耸肩膀不去计较；他们到了适当年纪就要回到山上，虽然有些人将恢复他们祖先的野蛮信仰，其他人却会保持他教给他们的信仰，通过他们的影响，或许可以照亮周围的黑暗。他的日子过得很忙碌，没有太多时间思考，而他内心当然没有令人难解的紧张；他的信念有力，就像一位运动员的双臂肌肉发达，他接受他的宗教教义，就像你我接受独眼或脸红的事实那般毫不犹疑。他告诉我，还是做神学生的时候，他就想到东方传教，并为此而在米兰学习。他给我看一张集体照，跟他一起出来的十二人围着主教而坐，并把那些死去的人指给我看。这一位在中国渡河溺毙，那一位在印度死于霍乱，另一位在掸邦靠北的地方被野蛮的佤人杀死。我问他何时坐船来的，他毫不犹豫就告诉我具体的年月日与星期几；这些修女、修士和俗僧，他们可能忘掉无论什么周年纪念日，但自己离开欧洲的日子总是脱口而出。随后，他给我看他家里的一张照片，是典型的中下阶层合影，就像你在意大利任何一家廉价照相馆的橱窗所见。他们僵硬、刻板而忸怩，父亲和母亲穿着最好的衣服坐在中间，两个年幼的孩子被安排坐在父母脚前的地上，父母左右是两个女儿，后面依照身高站了一排儿子。神父把加入神职的家人指给我看。

"超过一半。"我评论道。

"这是母亲的一大快乐。"他说，"这是她的功劳。"

她是位粗壮妇人，身着黑衣，头发中分，有对柔和大眼。她看似一位好主妇，我相信要是说起买卖，她讨价还价会很厉害。神父深情地笑了笑。

"我母亲，她是个很好的人，她有十五个孩子，十一个还活着。她是个圣人，善良对她来说，就像好嗓子对一位女歌手那样自然；她做一桩好事，就像阿黛莉娜·帕蒂[1]唱卡拉一角的高音C一样容易。"

他把照片放回桌上。

第二天我又出发了，神父说他想跟我走走，直到我们进山为止。因此，我把马缰挂在臂上，我们徒步而

1　阿黛莉娜·帕蒂（Adelina Patti, 1843—1919）：西班牙裔的意大利歌剧女高音。

行，其间，他让我给景栋的修女捎话，叫我别忘了把我照的照片寄给他。他扛着枪走路，在我看来，这支老枪对他本人比对旷野里的野兽更加危险；他戴着破旧盔帽，样子古怪，为不妨碍行走，他的黑色教袍在腰间绑起，他的白裤塞进笨重的靴子。他迈着缓慢的大步，我完全可以想象长路在它下面消减。但是不久，他敏锐的眼睛瞥见矮树枝上一只翠鸟，蓝绿相间，有些颤抖，是个尤物，就像一枚活宝石暂时悬在那儿；神父把一只手放在我的臂上叫我停住，他蹑足前行，很轻，悄无声息，直到十英尺内；然后，他开枪了，鸟坠地时，他欢呼一声，跳向前去，把它拾起，扔进挂在他身侧的袋子。

"这会令我的米饭更香。"他说。

不过，我们到丛林了，他又停了下来。

"我要在这里跟你分手了。"他说，"我必须回去工作了。"

我上了马，我们握手道别，然后我骑马小跑而去。到了一个弯道，我回头向他挥手，见他还站在我们分手的地方。他把一只手放在一棵大树的树干上，森林之绿将他包围。我继续前行，我想，很快，迈着他那笨重的脚步，好像不是踏着大地，而是带着热情踩在上面，仿佛大地很友好，欣然接受他一往情深的热狂（就像一只强壮的大狗，当你亲热地拍拍它的屁股，它会摇尾巴），很快，我想，他就会走回这一两天我把他诱出的旧生活之中。我知道自己再也不会见到他了。我正继续走向新的未知的经历，而不久，我将回到激动人心、变化多端的精彩世间，但他会永远留在这儿。

其后，很长时间过去了，有时，在一个派对，当涂脂抹粉、颈佩珠链的女人们，坐着聆听胸脯饱满的首席歌剧女伶演唱舒曼的歌曲，或当首演之夜，一幕结束，幕布落下，掌声四起，观众开始愉快交谈，我就想起这位意大利神父，他正沿着森林小路奔波于掸邦山地，跟我离开他时一样，都是没有变化的今日复昨日，而他现在老了些，头白了些，人瘦了些，因为从那之后，他得了两三回热病；就这样，直到有一天，老弱交加，他病倒在一个小山村，他太虚弱，不能下到山谷，没多久就死了。他们会葬他于丛林，坟上一柄木十字架，或许（世代相传的信仰强过他教授的新宗教），他们会把一小堆石头放在他的坟墓周围，还有鲜花，以便他的灵魂可以跟他死去的那个村子的村民友好相处。而我有时很想知道，在最后时刻，远离他的亲人，村长与长老们默默坐在他的周围，惊见一位白人死去，在那神志清醒的最后时刻（那些陌生的棕色面孔俯视着他），他会不会恐惧和怀疑，因而察觉在死亡的后面，有的只是毁灭？然后，他是否会有一种强烈的反感，因为他徒然放弃俗世给予的一切，美、爱、安乐、友情、艺术、造化赋予的美妙天资？或者，尽管如此，他是否仍将觉得自己这一辛劳、克己、坚忍的无畏人生很有意义？对于那些以信仰支撑自己整个生命的人，这肯定是个可怕的时刻，此刻，他们肯定终于知道了自己是否真的相信。当然，他有使命感。他的信仰很坚定，信仰对他来说，就像呼吸对我们一样自然。他不是创造奇迹的圣人，也不是神秘主义者，要经受痛苦以及跟上帝结合的不可言说的喜乐，可以说，他不过是上帝的普通劳动者。人的灵魂，就像他的家乡伦巴第的田野，没有多愁善感，甚至没有感情，好歹都得接受。他耕地播种，他让生长的谷物免于鸟儿侵袭，他利用阳光，他发牢骚，因为雨水太多或太少，收成不好，他耸耸肩膀，产量丰盛，他认为理所当然。他把自己看成普普通通的工薪族（但是他的工资乃上帝的荣光与永恒的世界），觉得自己谋了生计，这让他有一种满足。他将心与人，却不因此而小题大做，就像他父亲在米兰那爿小店的柜台售卖通心粉所为。

一枚六便士

　　我开始了往景栋的最后一段旅程。两三天来，我顺着山谷走一条平路，道旁是一条美丽的河流，岸边长着大树，我不时见到一只敏捷的猴子在树枝间跳来跳去，然后我开始爬山了。我得跨越萨尔温江与湄公河流域的分水岭，天气很快变得很冷。我们一直向上爬。早晨，薄雾笼罩着周围的山岭，但是山峰到处浮现，看似灰白海洋中的绿色小岛。照着薄雾的阳光形成一道彩虹，就像通往阴间某一幻境之门的桥梁。一阵凄风吹过那些萧瑟山峰，很快冷得彻骨。骡子走过的道路泥泞不堪，很是滑溜，我的小马步履艰难，我下马步行。雾现在很浓，我只能看到几码以外。领头骡子的铃铛瓮声瓮气，哀哀切切，骡夫们一言不发，哆哆嗦嗦走在畜生一旁。道路蜿蜒穿过一个又一个峡谷，每一个转弯处，我都觉得到了隘口，但是道路依然向上，似乎没有尽头。突然，我发觉自己在往下走了。不知不觉，我跨过了需要费时费力才能抵达的隘口，这让我有些失望。看来，当你竭尽全力实现了某一抱负，它对你似乎就没意义了，而你继续前往某处，并不觉得完成了一件了不起的事情。死亡可能也是如此。但我应该补充的是，这个隘口的高度不超过七千英尺，抵达隘口或许算不上什么特别的壮举，可以当得起这番饶有意味的沉思。

华兹华斯先生与他的朋友琼斯先生（"琼斯，当你我自加莱南行"[1]）跨越阿尔卑斯山的时候，也遇到类似的事情；但是身为诗人，他写道：

> ……无论年少或年长，
> 我们的命运，我们的心与家，
> 只与无限同在；
> 它与希望同在，永不消逝的希望，
> 努力、期待与想往，
> 还有那永存之物。

这很简单，你只要知道怎样把最佳词语排成最佳顺序产生美感就可以了。大象可以用鼻子拾起一枚六便士的硬币，也可以把一棵树连根拔起。

然后，我来到一处，他们告诉我，从这里可以望

1　这是华兹华斯一首诗的开篇。

见景栋，但是整个乡野沐浴在一片银色的水蒸气里，我虽然睁大眼睛，却什么也看不见。我们蜿蜒而下，逐渐从山上的薄雾里现身，阳光在我的背上很是温暖。下午我们进入平原，离开的山岭很黑，灰白的云缠在被云罩住的树间。我骑马沿着一条直路小跑，路宽得可以走一辆牛车，两旁的稻田现在只剩棕色多尘的残茬；我路遇背扛包袱或肩挑竹担的农民，他们正往城中赶翌日的市集；终于，我来到一道破朽的砖门前。这是景栋的城门，我们在路上已走了二十六天。

在这里迎接我的是一位知事，身体结实，相貌威严，但很友好，骑着一匹精神抖擞的白色小马，还有一位官员，代表统领该州的首领来欢迎我。寒暄之后，我们骑马经过城中的大街（但是，因为房屋各自位于栽了树木的院内，它看去不像一条街道，更像花园密布的郊区道路），一直来到我寄宿的圆屋。这是一所长长的砖砌平房，独自坐落在一座小山上，外面刷成白色，前面有个阳台，从阳台上，我看到了树丛之中景栋的棕色屋顶。城的四周都是青山。

掸邦草药

　　我骑着我的掸邦小马下到集市。集市在一大片平地上举行，有四排敞开的摊档，密集的人群在这里挤来挤去。我在近乎杳无人迹的乡野漫游了这么久，这些形形色色的人群令我眼花缭乱。阳光明丽。在途经的村庄，农民都穿着色彩暗淡的衣服，蓝色或是褐紫，而且常为黑色，但是这里色彩艳丽。女人很整洁，小巧可爱，脸是扁的，黄皮肤而非黑黝黝，她们的手很美，就像她们头上戴的花一样雅致，精巧指掌连着纤细的手腕。她们穿一种裙子，叫作腰布，一条长绸在腰间缠绕并折起，上半部分是色彩明快的条纹，下半部分为淡绿、褐紫或黑色；她们还穿一件白色小胸衣，很是整洁端庄，外面则是加了衬垫的上衣，要么淡绿要么粉红要么黑色，就像西班牙的波莱罗短衫，袖子很紧，双肩小翼，令人觉得她们随时可能带着微笑飞走。男人也系着彩色腰布，或穿肥大的掸邦裤子。很多人头戴编织精巧、有着弯曲宽帽檐的大草帽，好像蜡烛熄灭器，颤巍巍扣在男人和女人浓密的头发与头巾上。这些夸张的帽子有数百顶，随着戴帽者的不停走动而左摇右晃，上下跳动，它们如此奇异，令你难以相信这些人在忙正经事，他们更像是在玩耍，彼此在开一个巨大的玩笑。

如同东方寻常所见，出售同样物品的卖家聚在一起。摊档不过柱子支撑的瓦房，利于温和的天气，地面或为踩踏的泥地，或是矮矮搭了一层木板。东西多半女人在卖，每个摊档通常三四个女人，坐着在抽绿色的长方雪茄。但是，药摊的小贩是些老翁，脸上皱巴巴，眼睛布满血丝，看上去就像巫师。我愕然看着他们的货物：有一堆堆干草药，有各种颜色的大盒药粉，红黄蓝绿，而我不禁以为，敢吃这些药的人肯定是个好汉。小时候，我被哄着服一剂泻盐，以为只要听话，就可得到奖励吃一匙梅子酱（我后来根本吃不下梅子酱），但我难以想象，当慈爱的掸族母亲要喂孩子一大匙砂砾般的翠绿色药粉时，她会怎样哄他。有些药丸很大个，我问自己，这要多大的喉咙才能就着一口水咽下。有些干瘪的小动物好像从地下挖出来任其腐烂的植物根茎，而有些植物根茎又像干瘪的动物。但是，卖药老翁不愁没有主顾。这天早晨买卖兴隆，他们一直忙着称药，但用的不是我们国内薄薄一片的秤锤，而是大块铅铸的佛陀状秤砣。终于，我的耐心得到回报，我看到一个男人买了一打大如矮脚鸡蛋的药丸，我见他用几根指头捏住一个药丸，张开嘴，把它扔进去，吞了。他挣扎了一番，脸上一阵紧张，然后，他抽动一下，药丸下去了。卖药老翁用黏糊糊的眼睛看着他。

掸邦集市

集市里什么都找得着，从吃的到穿的，到简朴的掸人必需的家庭用品。有来自中国的丝绸，中国商贩安详地吸着水烟，穿着蓝色的裤子与黑色的紧身外套，头戴黑色的绸帽。他们并不缺少优雅。中国人可谓东方贵族。印度人着白裤，一袭白衫紧紧贴住他们的单薄身躯，头戴圆形的黑绒帽。他们卖肥皂、纽扣、薄薄的印度丝绸、一卷卷曼彻斯特棉布、谢菲尔德出产的闹钟、镜子和刀子。掸人售卖周围山区的部落民带下山来的货物和自己的简易产品。到处都有一小众乐人占据一个摊档，一群人站在周围悠闲地聆听。其中一众乐人，三人敲锣，一人击钹，另一人打着跟他一样高的一面鼓。在那堆声音之中，我无知的听力无所分辨，只觉得一种直率与并非不令人愉快的粗野之情；但是，再往前走一点，我遇到另一队乐人，他们不是掸人，而是山民，吹着长长的竹管乐器，乐声忧郁而颤抖。在那含糊的单调之中，我似乎不时捕捉到带着渴望的一些音符。它给你某种非常古老的感觉。它不再有猛烈的诉说，不再激发有力的反应，只剩下可资想象的柔和暗示，并在某种程度上提及心中深埋的期望与绝望。你感觉这是游牧部落晚上的营火旁沉思默想的音乐，他们正从世代居住的草原迁徙，令丛林与沉默的河流哗哗有声；在我的想象中（按照作家的方式，我的想象充满难以控制令我激动的词语），它令人想到置身陌生与敌对环境的人之困惑，他们不知从何处来，也不知往何处去，它是他们发出的一阵悲伤与质疑的哭喊，是他们同唱的一首歌（就像海上遇到暴风雨，为了驱除狂风巨浪带来的不安，大家彼此讲起淫秽故事），以此借助人类友情的神圣慰藉，让自己恢复信心去对抗世间的孤寂。

但是，挤满市街的人群之中并无愁苦悲凉。他们快活、健谈而轻松。他们来不只为了买卖，还为了闲聊，跟朋友打打招呼。这里不仅是景栋，也是方圆五十英里整个乡间的聚会场所。他们在此得到消息并听到最新传闻。这些就跟一出戏一样精彩，毫无疑问，比多数戏曲还有趣得多。很多部落的成员穿着特有的服装，漫步在人口占据多数的掸人之中。他们三五成群，在这陌生的环境里感到胆怯，仿佛害怕彼此分开。对他们来说，这里肯定像一座人很多的大城，而他们不与人交际，怀着乡下人对城里人又是敬畏又是鄙视的古怪情感。这里有傣人、寮人、泰卢固人[1]、巴朗人、佤人，还有天晓得别的什么人。对这些事情很精通的人将佤人分为野蛮与开化两类，但是，野蛮一类并不离开自己的山寨。他们猎取人头，但不像迪雅克人[2]那样出于虚荣，也不像曼布韦乡民那样为了美感，而是纯粹因为保护庄稼的实用目的。一副新鲜的头盖骨将会保护谷物并使之生长得更好，所以，春季将临，每个村子都有一小队男子外出寻找合适的陌生人。寻找生人是因为他不熟悉乡间的道路，他的灵魂不会跑出躯壳。据说狩猎期间，那些地方人迹罕至。但是，开化的佤人和善可亲，他们的外表虽然很有野性，可的确别有风味。泰卢固人与众不同，因为他们体形优美，肤色黝黑。然而，权威人士声称，他们肤色黝黑多半是因为他们不喜欢用水。女人戴着缀满银珠的头饰，好像一顶头盔；她们的头发中分，垂到耳朵上面，就像欧仁妮皇后[3]的画像所见。中年妇女有着令人好笑的皱纹小脸，很是滑稽。她们穿一件短外套、一条有褶的短裙并且系着绑腿，外套和短裙之间有很大的空隙，而我留意到，显露肚脐的女人，看上去是多么的

1　泰卢固人（Telugus）：亦称"安得拉人"，印度民族之一，主要分布在印度东南部的安得拉邦，少数在邻邦。说泰卢固语，有文字，信印度教。

2　迪雅克人：加里曼丹或沙捞越的土著。

3　欧仁妮皇后（1826—1920）：法国皇帝拿破仑三世的皇后，三度摄政，后逃亡英国。

独特。男人着深蓝衣服，戴头巾；后生则把万寿菊插在头巾上，表示他们是单身汉，想要娶妻。我的确很想知道，这些花是一直插在那儿，还是他们一时冲动才插上的。因为，大概没人想在一个霜冻的早晨结婚。我看到一个后生的头巾上插了五六朵花。他的意图明白无误。他快活得意，出尽风头，但我得承认，他对姑娘们的注意似乎多过姑娘们对他的留意。或许，她们认为他的热切太夸张了，而他，我想，可以说已在报上登了广告，乐得到此作罢。他是个讨人喜欢的家伙，黑黝黝的皮肤，大大的黑眼睛，目光大胆而明亮，他站着的时候背稍稍拱起，仿佛全身肌肉都在用力颤动。卖鸽子的农民在人群中穿行，鸽子站在栖枝上，腿上拴了一根细绳，你可买来放生积功德，也可买来作为第二天的咖喱餐。一位年轻泰卢固人经过，显然是个乱花钱的家伙，突然一阵冲动（从他表情多端的脸上，你看出他的这个念头是多么出乎意料），买了一只鸽子，当他拿到鸽子，他用双手将它握住片刻，那是一只胸脯粉红的灰色斑尾林鸽，然后，他以赫库兰尼姆[1]的青铜男孩那样的姿势猛地举起两臂，把鸽子高高抛向空中。他看着它疾飞而去，飞回它的森林家园，他英俊的脸上一阵孩子气的微笑。

1　赫库兰尼姆：维苏威火山脚下的古罗马城市，公元79年因火山喷发被毁。

景　栋

　　我在景栋过了将近一周。天气晴和，圆屋整洁宽敞。经过这么多天的路途艰辛，没有多少事情做，想起床才起床，穿着睡衣吃早餐，拿本书闲散一个上午，真是令人愉快。因为，你要是以为不赶火车不上路赴约就是自由，这就错了。你做这做那的时间，就像你住在城市每天早晨得去上班那样明确。你的行动并非由自己的心血来潮决定，而是取决于行程的长短与骡子的耐力。你虽然会觉得早半小时或迟半小时抵达当日终点没什么要紧，但早晨总是赶着起床，忙着准备，急着动身，不要有所耽搁。

　　我对景栋的感受并不意气用事。这是一个村庄，比我路上经过的要大，但仍是一个村庄，有宽敞的木屋，有宽阔的泥土街道，而我经由它们去发现自己感兴趣的目标。不赶集的日子，这里空空如也。大街上只有几条瘦骨嶙峋的野犬。一家店内，一个女人抽着方头雪茄闲坐在地板上，她不会想到这样的日子还有主顾；另一家店里，四个中国人蹲着赌钱。寂静。灰扑扑的路上有很深的车辙，晴空艳阳将它晒得热辣。三个小女人头戴有趣的大帽突然出现，排成一列经过；她们用竹担挑着两个篮子，她们膝盖弯曲，走得很快，好像要是走慢一点，她们就会被担子压垮。空荡荡的街上，她们一闪而过。

寺院也是寂静。景栋可能有十来所寺庙，站在圆屋所在的小山望着城镇，可以见到它们高耸的屋顶。寺院都在院子里，院内很多坍塌的佛塔。大殿就像一间谷仓，里面是趺坐的巨佛，周围有八尊或十尊别的塑像，几乎跟佛像一般大小。但是，大殿屋顶由镀金或髹漆的粗大柚木柱子支撑，木墙与椽子也是镀金或者髹漆。佛祖的生平画得粗陋，挂在屋檐上。殿内幽暗庄重，但薄暮之中，莲花巨座上的那些佛像，就像好景不再无人理睬却又漠然处之的神明，在他们的镀金与镶嵌图案那衰败的堂皇之中，继续沉思着苦难与离苦、无常与八正道[1]。他们的超然几乎令人害怕。你踮起脚尖走路，以免打扰他们的冥想，当你把雕花镀金的大门阖于身后，再度回到温暖的日光下，你松了一口气。你觉得自己就像一个人偶然误闯某幢房屋里的一个派对，一旦明白自己犯错，就马上逃走，并且希望没人注意到自己。

1　八正道：佛教基本教义，指八种通往涅槃解脱的修行方法，即正见、正思、正语、正业、正命、正精进、正念、正定。

洛依维的宪兵队长

　　默想着令我远游至此的奇怪机遇，我散漫的思绪集中在那位高大超然的偶然相识的人身上，正是他的信口之言诱发我的这趟旅行。我试图凭他给我留下的印象画出一个活人来。因为，与人相识，我们看到的只是平面，他们给我们的只是他们的一面，而他们依然模糊；我们得赋予他们血肉令他们完整。正因如此，小说中的人物比生活中的人物更真实。他是军人，在洛依维做了五年宪兵队长。洛依维意即梦之山，位于景栋东南数英里外。

　　我不觉得他喜欢打猎，因为我留意到，住在这些地方的多数人都猎够了，讨厌猎杀丛林中的野生动物。他们刚来的时候，为了满足自尊心，射杀过这种或那种动物，老虎、野牛、鹿，他们没兴趣了。他们觉得，那些优美的动物，他们研究过它们的习性，跟他们一样有权生存；他们对它们有一种爱，只有迫不得已，他们才举

108

枪射杀一只令村民惊恐的老虎，或是为了食用而猎杀山鹧或沙锥鸟。

五年可谓人生不短的部分。他说起景栋，就像爱人说起自己的新娘。这一经历如此深刻，令他永远有别于他的同类。他沉默寡言，就像英国人那样，只能用笨拙言辞讲述自己在那里的感受。我不知道，即使对于他自己，他能否将身在偏僻村庄晚上与长老们坐在一起谈话时，触动自己心灵的模糊情感用简明言语表达出来，他是否问过自己就他的某一境况与职业而言非常新鲜陌生并且静候答复的那些问题（就像无家可归者冬天静候在为穷人准备的庇护所外面）。他爱林木覆盖的山野与繁星闪烁的夜晚。岁月漫长而单调，他用一幅模糊的图案来修饰它们。我不知道那是什么图案。我只能猜测，它令他回到的那个世界异常没有意义，那个俱乐部与凌乱桌子的世界，那个蒸汽机车与汽车，舞会与网球会，政治，阴谋，喧嚷，兴奋的世界，那个报纸的世界。他虽然身在其中，甚至乐在其中，但那个世界依然彻底遥远。我觉得对他来说它已失去意义。他的心中是一个美梦的映象，这个美梦他永远召不回来了。

大多数人合群，所以我们怨恨不与同伴交往的人。我们不满足于说他古怪，而是认为他动机不当。我们的自尊心受创，他竟然不喜欢我们，我们彼此点头使眼色，说他要是以这种奇怪的方式生活，肯定是要实行某一秘密的勾当，而他要是不住在本国，只可能是因为他在本国过不下去了。但是，有些人在世间并不自在，与他人交往并非他们必需，置身生气勃勃的同伴之中，他们局促不安。他们有一种难以克服的羞怯。与人分享感情令他们窘迫。一想到大合唱，即使只是《天佑吾王》，他们也满心尴尬，而他们要是唱歌，那就是沐浴时的哀歌。他们很自信，他们屈从地耸耸肩，有时候，必须承认，则是轻蔑地耸耸肩，因为世人用滥了某一形容词。不管在哪里，他们都觉得自己"在局外"。这个地球上到处都找得着他们，他们是一个大型修道会的成员，尽管不为誓言约束，不为石墙隔绝。你要是漫游世界，就会在各种意想不到的地方遇见他们。当你驾驶的汽车碰巧在意大利一个小镇出了意外，你听说小镇外的山间别墅住着一位英国老太太，你不会感到吃惊，因为意大利向来都是这些端庄修女的藏身首选。她们通常有足够的钱，对16世纪的意大利艺术所知甚广。当有人指给你看安达卢西亚一座孤独的庄园，告诉你那里多年来住了一位某个年纪的英国女士，你觉得这理所当然。她通常是位虔诚的天主教徒，有时与她的马车夫罪恶地同居。但是，当你听说一座中国城市里唯一的白人是个英国女人而非传教士，而且没人知道为什么，她在那里住了四分之一个世纪，你会更为吃惊；还有一位住在南洋一个小岛上；第三位则在爪哇中部一个大村庄外有所平房。她们过着独居的生活，没有朋友，她们不欢迎陌生人。她们虽然可能几个月见不到一位同一种族的人，路上遇见你时，她们却仿佛没有看到你，而你要是自恃同种前往拜访，她们很可能会拒绝接待你；但她们若是接待你，会用银茶壶给你斟一杯茶，用古老的伍斯特瓷盘给你端来热乎乎的烤饼。她们会客气地与你交谈，仿佛是在俯瞰伦敦一个广场的一间客厅里款待你，但是当你告辞，她们从无希望与你再见的表示。

男人更腼腆同时更友好。一开始，他们张口结舌，他们绞尽脑汁寻找话题的时候，你看到他们表情焦虑，但是一杯威士忌让他们精神放松（因为有时候他们喜欢酗酒），然后，他们会畅所欲言。他们很高兴见到你，但你必须当心，不要滥用你受到的欢迎；他们很快就对同伴厌烦了，必须勉为其难令他们渐渐烦躁。他们比女人更易衰老，他们过得颠三倒四，不在乎周围环境与食物。他们表面上常常有份职业。他们经营一爿小店，但并不关心是否卖了东西出去，而他们的货物积满灰尘脏脏破旧；或者，他们懒懒散散管理一个椰子农场，力不胜任。他们濒临破产。有时候，他们从事形而上学的思考。我认识一个人，他花了很多年研究和注释伊曼纽·斯威登堡[1]的著作。有时候，他们是学人，费尽苦

1　伊曼纽·斯威登堡（Immanuel Swedenborg, 1688—1772）：瑞典科学家与神学家。

心翻译别人翻译过的经典，如《柏拉图对话集》，或是翻不了的作品，如歌德的《浮士德》。他们可能不是对社会很有用的人，但是他们的生活无害而单纯。世人要是瞧不起他们，他们站在自己的立场上也瞧不起世人。一想到回归世间的纷乱，他们就感到可怕。他们一无所求，只求不被打扰。有时候，他们的乐天知命让人有些不快。当你想到那些人，他们自愿放弃对于我们多数人来说令生活有意义的一切，而且毫不羡慕他们错过的东西，你需要很多的人生哲学才不会感到羞愧。他们是傻瓜还是智者，我从来拿不定主意。为了一个梦，一个安宁、快乐或自由的梦，他们放弃了一切，他们的梦如此强烈，他们令自己的梦想成真。

只住一晚的房子

　　但我闲得够久了，所以，一个明亮的清晨，我和旅队从景栋出发了。首领宫内一位官员陪着我，他要护送我到首领辖地的边界。他是一位肥胖的绅士，骑了一匹很小的瘦马。第一天，我骑马穿过路旁都是稻田的平原，然后再度闯入山区。我现在没有公共工程处的平房住了，但是首领够好，下令为我在途中建造房屋，并派信使先去各村传达必要的指令。让人为我建造只住一晚的房子，我觉得很神气，而我住的第一所房子令我满心欢喜。它像一个玩具。要是刮风下雨，它很难遮风挡雨，但要是天气好，它更适合年轻恋人而非一位中年作家居住。房子很整洁，因为建房用的竹子都是当天早晨砍伐的，有着正在生长的东西令人愉快的新鲜气味。整间房子都是绿色，墙、地板、屋顶。它由两个房间和一个大阳台组成。墙和地板高出地面三英尺，用的是劈开的竹子。梁柱则用整根竹子，屋顶整整齐齐铺着稻草。

地板有弹力，所以，踩惯了硬地的我起初觉得有些不安全，走得小心翼翼；但地板下面是一组结实的竹子，真是要多结实有多结实。几码开外，是条奔腾的山溪（我在白天过了六次，要么涉水而过，要么经过一座晃悠悠的桥），两岸长满树木。房子前面是一小块空地，牛在吃草，一座青山将这片景色关住。此地真是迷人。

有一天，先行送去安排住宿的信函已经收到，但是那天上午，到了这段旅程的终点，我发现村民还在忙着建我的房子，因为这是丛林之中，他们是从数英里外一个村子集合而来的。看他们用简陋的刀具敏捷地砍削竹子建造地板，看他们灵巧地安装屋椽，看他们把屋顶铺得整整齐齐，这当然很是好奇，但是我没兴趣。我又累又饿，我想有个露天厨房可以做饭，我想有个地方放床躺下来休息。我发火了，不讲道理。我叫来首领的官员，大骂他马虎懈怠。我发誓要把他送回他的主人那里，并用盛怒之下所能想到的种种惩罚威胁他。我不听他的解释，我跺脚怒骂。迄今为止，从未有人费神以这样的体贴来招待我，我虽然在世上的偏远之地游历多多，却不得不独立行事，随意投宿。我在一条无蓬划艇上高高兴兴睡了七天，而在南洋群岛，我与一家卡内加人同住一间不避风雨的土著小屋。除了丛林之中，为我建造一所房屋的想法甚至都没人有过，我无权享有这种关注。这个教训在于，即使最明智的人也很容易自高自大：给他某些特权，他就忘乎所以，声称这些是他不可剥夺的权利；予他少许权威，他就变成暴君。给傻瓜一套制服，上面缝一两个标签，他就以为自己的话即是法律。

但是，当我的房子建好，林间绿地之中一所绿色的房屋，急流迸溅在绿色的两岸，当我吃完饭，我嘲笑起自己来。在景栋，当我发现苦金酒所剩不多，担心自己不得不靠茶与咖啡走完这趟旅程，我从一位噶喀人那里买了一些朗姆酒，朗姆酒很好，是他自己酿造的，但我不喜欢；所以，为了对自己如此缺乏理智的行为表示真心悔悟，我送了两瓶给首领的官员。

酗酒的厨子

读探险家的书，我很吃惊他们从不告诉你他们吃什么喝什么，除非他们被逼到绝境，还有当他们的腰带收到最后一扣的时候，要猎鹿杀牛来补充食物；或者很需要水，他们的驮畜奄奄一息，而只有到了最后关头，他们才纯属意外地发现一口井；或是经由最聪明的推论偶然发现一个地方，那是他们晚上远远看到的一片光亮，知道再走上令人疲倦的几英里，他们就会找到止渴的冰块。然后，他们僵硬严肃的脸上浮现一阵轻松的神情，或许还有一行感激的眼泪流下脏兮兮的脸颊。但我不是探险家，饮食对我来说乃十分重要的事情，让我要在这几页详加叙述。我愉快地记得，往景栋的途中，一间平房的门卫一副奉承的样子，给我端来一个盖着餐巾的气派盘子，他揭开餐巾，请我接受两大颗卷心菜。我两个星期没吃青菜了，对我来说，它们吃起来比萨里一个菜园的嫩豌豆或阿让特伊[1]的鲜芦笋还可口。以下景象迷人并鼓舞人心：你骑着马疲倦地来到一处村落，偶然遇到一个肥鸭游动的鸭塘，而且并不知道第二天，它们中间的一位，最肥、最幼、最嫩的那位，注定（谁能逃脱劫数？）将与烧土豆和浓肉汁一道，让你吃上美味多汁的一餐。黄昏，日落前，你出去闲逛，离开院子没多远，你瞥见两只绿鸽飞在树林周围。它们顺着小路而飞，似乎彼此追逐嬉戏，它们柔顺友好，除非你铁石心肠，否则不能不为之感动。你想着它们的天真无邪与无上幸福。你隐约想起儿时背得的那则拉封丹寓言，当你母亲有客来访，你腼腆诵道：

> 两只鸽子本来亲亲密密，
> 一只在家却待得烦腻，
> 恨不得远走高飞，
> 到异国他乡游历。[2]

　　见到这些尤物，招人喜欢而又伤风败俗的劳伦

1　阿让特伊：塞纳河畔的法国城市，是巴黎近郊的居住区与工业区。
2　原为法文，出自拉封丹寓言诗《两只鸽子》。中译引自杨松河翻译之《拉封丹寓言诗全集》（译林出版社，2000年版）。

斯·斯特恩[1]会感动得落泪,会写一段令你心碎的文字。但是,你可比斯特恩坚定[2]。你一枪在手,虽然枪法很差,可它们是很容易的靶子。没一会儿,陪你打猎的土著就握着它们,但他满不在乎,不觉得那些片刻之前还生机勃勃的可爱小鸟死在他眼前有何悲惨。第二天早晨,当噶喀仆人阮腊端来烤得恰到好处的鸽子供你早餐,它们何其肥美多汁!

我的厨子是个中年的泰卢固人,他的瘦脸为深赤褐色,饱经风霜,满是皱纹,浓密的头发隐约有些银丝。他很瘦,高个,穿白色外衣缠白色头巾,是个外表动人的阴郁家伙。他走路大步,步伐摇摆,每天走十二到十四英里毫不费力。起初,我看到这个长着胡须样子威严的人敏捷地爬上院内一棵树,将他需要用来调味的果子摇下,我大吃一惊。跟很多艺术家一样,他的个性比他的作品更有趣;他的烹饪既不出色亦少变化,有一天,他让我正餐吃蛋糕甜品,下一回则是面包布丁,这些都是东方的主打甜品,而当你看到它们出现在一张

1　劳伦斯·斯特恩(Lawrence Sterne, 1713—1768):英国小说家与幽默作家。代表作为《项狄传》与《感伤旅行》。斯特恩做过牧师,可他生活风流,讲道古怪,向信众宣读16世纪法国讽刺作家拉伯雷的作品和古老传奇。他的代表作《项狄传》滑稽怪诞,不合常规,开了20世纪意识流文学的先河。
2　此句意译,原文语带谐趣:"But you are made of sterner stuff."按:sterner(姑译"坚定")正与斯特恩(Sterne)谐音。

又一张餐桌上，厨子或是京都的日本人，或是厦门的中国人，或是亚罗士打的马来人，或是毛淡棉的马德拉斯人。你一想到那些英国女士在乡下的教区牧师住宅或海滨度假别墅的单调生活（跟她们退役的上校父亲一道，他们让她们初识源远流长的东方），你的同情心就一阵悲痛。我对烹饪所知甚少，但我大着胆子教我的泰卢固人怎样做咸牛肉末。我希望他离开我以后将这道珍贵菜谱传给其他厨子，最终为数量不多的盎格鲁东方烹饪增添一道菜品。我应该做一个有恩于同类的人。

我想过露天厨房乱七八糟不干不净，但是，对这些事情过于拘谨并不明智；当你想到体内产生的所有讨厌东西，对你吞下去的食物如何做成过于挑剔似乎就很可笑了。必须承认，光洁如一枚新别针的厨房常常做不出上好的食物。但是，当阮腊来跟我抱怨泰卢固人太脏，没人吃得下他做的东西，我大吃一惊。我又去到露天厨房，亲眼看了看，我还看到我的厨子醉得一塌糊涂。然后有人告诉我，他经常这样醉酒，阮腊不得不自己做饭。我们正在两周旅程的途中，我没法换人，所以，我只好作为主人骂了他一顿（不是很奏效，因为得翻译成他只能听懂一点的缅甸话）。我觉得自己说得最尖刻的一句话是，一个喝醉的厨子至少应该是个好厨子，但他只是用悲伤的大眼睛看着我。他没感到不安。在景栋，他狂欢作乐，三天不见人影：因为还要四个星期才能抵达暹罗的铁路起点，我四处找人替换他，但找不着人，所以，当他满怀歉意愁眉苦脸重又露面，我以为他被刺痛了，于是宽宏大量。我原谅了他，他答应接下来会克制。一个人应该容忍他人的恶习。

现在，经过村庄，我常常见到小猪在房屋的柱子周围乱窜，而离开景栋大约一周，我想到一头乳猪会让我的一日三餐变得惬意，所以，我命令下次碰到就买一头。有一天，到了平房，有人给我看放在篮子里的一头小黑猪。它看上去不超过一个星期大。随后几天，我在景栋雇来给醉酒厨子帮忙的一个中国小厮携着篮子赶路，而这小厮和阮腊跟它一起玩耍。它成了一头宠物。我打算把它留到一个特殊场合，常常，当我骑马前行，我耽于一阵愉快的幻想，想着它会做成的美餐；我不能期望苹果酱，但一想到烤猪的脆皮我就流口水，我告诉自己，猪肉会又甜又嫩。我焦急地问泰卢固人，他是否相当肯定自己知道怎么做。他以他列祖列宗的脑袋赌咒，烤猪他没什么不懂的。然后，我停下来一天，让人和骡子休息一下，并且下令宰杀乳猪。但是，等它上了桌子（人的希望多么无谓），没有脆皮，没有白白的嫩肉，只是黑乎乎烂糟糟臭哄哄的一团，根本不能吃。我沮丧了片刻。我很想知道如此光景之下，那些伟大的探险家究竟会怎样。斯坦利[1]会不会皱着眉头黑起严厉的面孔，利文斯通[2]博士会不会镇定自若地保持他的基督徒脾性？我叹了口气，把这头黑乳猪从猪妈妈的乳房那里不合时宜地抢走可不是为了这个。让它在掸人的村庄里快乐生活本来更好。我让人去叫厨子。不一会儿，他来了，一边让阮腊搀着，另一边由我的翻译丘卓扶着。当他们放开他，他慢慢地左右摇晃，就像风浪中抛了锚的一艘双桅纵帆船。

"他醉了。"我说。

"他醉得跟爵爷一样。[3]"丘卓答道，他上过东枝的贵族学校，知道很多有趣的英国成语。

（从前，一个大清早，某人拜访维多利亚时代一位名流，管家告诉他：

"爵爷还没起床，先生。"

"哦，他何时用早餐？"

管家随即沉着应道："他不用早餐，先生。十一点钟左右，爵爷通常想吐。"）

1　斯坦利（Henry Morton Stanley, 1874—1904）：英国殖民者，探险家。

2　利文斯通：大卫·利文斯通（Dauid Livingstone, 1813—1873）：苏格兰传教士和探险家，发现赞比西河与维多利亚瀑布。1871年，他与斯坦利在非洲相会，开始共同探险。

3　他醉得跟爵爷一样：as drunk as a lord，意即酩酊大醉。

泰卢固人看着我，我看着泰卢固人。他亮晶晶的眼睛一片茫然。

"把他带走，"我说，"给他上午的工资，叫他离开。"

"很好，先生。"丘卓说，"我觉得这最好不过了。"

他们把他带出去，外面的台阶哗啦一响，砰的一声，但究竟是泰卢固人倒下去，还是丘卓和阮腊把他扔到地上，我觉得没必要过问。

第二天早晨，我正在阳台吃早饭，丘卓进来问我当天的安排并说些闲话。平房位于一个相当大的村庄边上。比起通常在掸人的村子所见，这里更多生气。我到之前一天，或许我到之前一小会儿，女人只缠着腰布，拉上去正好遮住乳房，而上身则是赤裸，但是今天，我觉得是因为她们够好，认为我很重要而表示尊敬，她们穿上了小胸衣，看上去没那么惬意了。突然，厨子出现在平房前面。他肩上有个包袱，他把它放在身旁的地上。他严肃地、深深地向我鞠了一躬，随即很快拾起包袱，转身走了。

"我给了他工资和生活费。"丘卓说。

"他要走了？"我问。

"是的，先生。您说今早第一件事就是让他走。他做了您的早餐，现在他要走了。"

　　我什么也没说。我的话就是法律，而我觉得它对我的约束比对其他人更严格。到景栋要十二天，泰卢固人会日复一日地步行，很少遇得上一个人，然后，到东枝还要二十三天。他走上了通往丛林的道路，我目送着他。我以前时常留意他摇摆的大步。但是现在，他憔悴不堪，穿着他那破旧肮脏的东方衣服，头巾胡乱缠起，他看上去非常凄凉，在包袱的重压之下，走得似乎无精打采。我并非真的在乎他是否又脏又醉，我吃罐头跟吃乳猪一样开心。他现在步履艰难地走着，似乎很小很弱，不久，他会消失于亚洲的浩瀚之中。就那人这样走向未知来看，其中有些东西有着说不出的可怜，不，甚至是悲惨。从他迟缓的脚步里，我似乎看到被生活击败的人之绝望。我觉得丘卓看出我的不安，因为他带着坦率和宽容的微笑说：

　　"您对他很有耐心，先生。要是我早让他走了。"

　　"你告诉他的时候，他有没有不高兴？"

　　"哦，没有，先生。他知道自己活该。他不是坏人，不是小偷，就是醉酒，很脏，不过如此。回到东枝，他会找到另一份差事的。"

穿越丛林

平淡的日子一天接一天，好像一首说教诗押韵的对句。乡野人烟稀少，我们一路只遇到几个泰卢固人，不时见到他们位于山坡的村子。路程很长，抵达当日终点，我们疲惫不堪。没有路，只有一条狭窄小径，途经树下，都是厚厚泥泞，小马蹒跚而过，溅起泥浆；有时，泥泞深及小马膝盖，行走有如蜗牛。这既辛苦又沉闷。我们在低矮的山间上上下下，在河边蜿蜒出没，而这条河，起初只是一条可以轻易蹚过的小溪，一天一天却成了宽阔汹涌的急流。我们最后一次涉水而过，水已深及小马腹部。它变成了一条大河，喧腾冲过乱石，然后平静而急促地奔流。我们乘一只竹筏过河，两岸都有一根竹索拴住它，把我们拉过河。旅行者见到的多数热带河流都很宽，可是这条河，悬着一道极为茂盛的植被，却跟卫河[1]一样狭窄。但是，你绝不可误认为它是一条英国河流，它既无我们英国河流的温和，也无它们含笑的淡漠；它神秘而悲惨，它的水流有着人类不羁欲求的险恶张力。

我们在河边的大树间扎营，晚上，蟋蟀、青蛙和鸟儿高声叫个不停。丛林之夜很静这一说法广为人知，而作家常常就此雄辩滔滔，但是他们描述的寂静乃精神层面。它是用来转化孤独和远离尘世之感，用来转化因为幽暗、庄严的树木还有生长挤迫的绿林而生的敬畏之心；其实，林中甚是喧闹，所以，到你习惯为止，你可能觉得难以入睡。可是当你醒着躺在那里倾听，你心中有种奇怪的不安，这一感觉的确很奇怪，就像一种可怕与奇异的寂静。

然而我们终于到达丛林尽头，道路尽管崎岖不平，但宽得足以走一辆牛车。从我投宿的客栈，可以见到片片稻田，远山一抹蓝色。这些山我虽然穿越了不知多少天，但它们现在有一股奇怪的浪漫气息。它们的深处有着魔力。再度来到开阔的乡野，人的心情变得全然不同，这真是叫人吃惊。直到这时，你才明白穿越丛林的漫长之旅令人多么沮丧。你突然觉得心满意足，对你的同伴好声好气。

1　卫河（the Wey）：英国一条河流。

然后，我们来到一个很大很繁荣的村子，名叫宏刺，有家宽敞、建得很好的客栈，这是我们抵达暹罗之前的最后一站。我们前面的山就是暹罗的山。当我们接近边境，我觉得大家都兴高采烈。我们经过一个整洁的小村庄（接近暹罗，这些村子，受到我们即将去到的那个国家更大文明的影响，似乎更为繁荣），走过一座别致的廊桥，随后来到一条缓缓的小河边。这里就是边界，我们涉水而过，到了暹罗。

借宿的寺庙

我们骑马经过一片新生的柚木林，直到我准备过夜的村子。这儿有个警署，很整洁，园子里有花；负责的警官虽然身穿卡其制服，手下一众整齐的士兵，但看到一位白人与如此气派的随从，还是有点慌张，他告诉我们这里没客栈，要我们去寺庙。寺庙距大路约四分之一英里，我骑马穿越稻田而去。这是个很穷的小庙，只有晒干的砖头砌成的谷仓式房屋，里面是些佛像，还有一间木头平房，住着僧人与沙弥。我的床和露营器材就架在殿内，跟俯视我的佛像为伴。僧人和沙弥倒也不以为怪。他们兴趣盎然地审视我的物品，他们看我吃东西，就像一群人观看动物园的野兽进食，到了晚上，他们站在我的周围，好奇地看我玩单人纸牌。不一会儿，他们就明白了我的复杂动作，当我看准机会，将一打合适的牌大胆地排成一行，他们吸了一小口气（就像空中飞人离地一百英尺翻筋斗时，沉默的观众发出欢喜和痛苦的抽泣）。但是，人性的弱点就是这样，一旦他们中间的某人略知一二，激动地跟其他人低声解释，大家就兴奋地叫喊，高兴地比画，紧紧把我围住；他们抓着我的手臂指给我看我应该移动的那张牌（不懂暹罗话的我，该如何解释一张红桃六绝不能放在一张方块七上面？）；我得动武，才能阻止他们移动我打算考虑周全之后再动的一张牌，而当我这样做了，我的举动赢得一阵喝彩。看别人玩单人纸牌，不论他是佛寺僧人，还是英国首相，没有人可以忍着不提建议。

八点，沙弥用单调平板的声音诵着经文，其中有些人在抽方头雪茄，然后，黑夜中只剩我一个人。殿堂无门，青色的夜进来，台上的佛像隐隐闪光。地板很干净，是积功德的女人清扫的，但是蚂蚁多得很，我猜是被信众礼佛的米饭吸引而来，它们令人很难入睡。过了一会儿，我不再抱有希望，干脆起身。我走到入口处，看着外面的夜色。空气宜人。我见到有人走来走去，不一会儿，发现那是丘卓。他也睡不着。我给了他一支方头雪茄，我们在殿堂的台阶上坐了下来。他有点瞧不起这种暹罗佛教。僧人似乎不是像佛祖命令的那样出去托钵，而是让信众把米饭和食物带来寺院。如很多掸人那样，丘卓做过一阵沙弥，他不无得意地告诉我，他出去托钵从未失败过。他一阵暗笑。

"我总是先去自己家，把可口的饭菜放到钵底。我用一片树叶盖住它，继续乞食直到装满。然后，我回到寺院，把叶子上面的东西扔给狗吃，而我吃自家的好饭菜。"

我问他是否喜欢这种生活，他耸耸肩。

"没事可做。"他说，"早上劳动两小时，晚上诵经，但一天别的时候都没事。到了又该说回家的时候，我很高兴。"

我诱他讲讲轮回。

"我家附近有个村人记得他的前世。他死了十八年，他来到村里，认出他的老婆，他告诉她他们以前放钱的地方，他让她想起她忘了很久的事情。他进到屋子，说有个壶是怎么补的，他们一看，果然是像他说的那样补的。那女人大哭，邻居都惊呆了，全国各地都有人来看他。他们在报上说起这事。他们问他问题，每个问题他都有答案。他知道自己前世村里发生的一切事情，大家一想，他说的都是真的。但是结局不好。"

"为什么，怎么回事？"我问。

"唉，他儿子成人了，他们把田和牛都分了。他们不想把一切再交回去。他们说，他风光过了，现在轮到他们了。他说他要去打官司，而做母亲的说，她会证明他说的都是真的。您看，先生，她希望再有一个好看的年轻老公，但是儿子们不想要一个好看的年轻父亲，所以，他们把他带到一旁，说他要是不走开，他们就会打死他，于是，他带上家里的钱和他能拿的一切走掉了。"

"他把老婆也带走了？"

"没有，他没带她走。他没告诉她他要走。他只是走掉了。她很伤心。当然，她什么也不再有了。"

我们一直聊到方头雪茄抽完，然后丘卓给我找了一点煤油，我们把它涂在我的床脚辟蚂蚁，我回到床上睡着了。但是，殿堂入口正东朝向，黎明将我唤醒，我看到天上一大片粉紫。随后，一个小沙弥端着一个盛了四五块米饼的大盘子进来。他跪下来，穿着黄衣的身子很是矮小，大眼睛黑黑的，念了几句经文，随即将大盘子留在佛像前。他刚一走开，一只显然守在那里的野狗飞快地溜进来，衔起一块米饼又跑了。初升的太阳照着金色的佛像，予它一种自身没有的华美。

在暹罗的法国人

　　我在暹罗从容下行。乡野赏心悦目，空旷明媚，散布着整洁的小村庄，每个村用一道栅栏围住，院内长着果树和槟榔树，令这些村子有股迷人的小康气息。路上交通繁忙，但是，就像人烟稀少的掸邦靠骡子，这里靠牛车。平地种着水稻，丘陵则栽柚木。柚木是漂亮的树种，叶子大而光滑；柚木林不很浓密，阳光可以照进。在明亮、优美、通风的柚木林中骑行，你感觉自己就像一则古老传奇里的骑士。客栈整整洁洁。这段旅程，我只遇到一位白人，他是法国人，正往北去，住进我过夜的平房。房子是一家法国柚木公司的，他是该公司雇员，而他似乎觉得这很自然，即像我这样一个陌生人，在这里本应无拘无束。他很热情。这一行法国人不多，这些人经常去丛林中督导本地劳工，过得比英国的护林人还要孤独，所以，他很高兴有人说说话。我们一起用餐。他是个体格强壮的人，有一张肉墩墩红扑扑的大脸，嗓音热烈，像是用一层柔软华丽的声音之布裹着他的流畅话语。他刚在曼谷休了个短假，带着法国人的天真信念，即你对他有多少风流韵事的印象，比知道他有几顶帽子还要深刻，他讲了很多自己在那儿的性事。他是个粗鲁的家伙，没教养，愚蠢。但是，他瞥见桌上有本破旧的平装书。

"唷[1]，你在哪儿找到这个的？"

我告诉他是在平房找到的，自己一直在翻。这是魏尔仑那本诗选，卷首有加利哀[2]雾蒙蒙的插画，但是，他的这幅肖像并非无趣。

"我很奇怪哪个家伙能把它留在这儿。"他说。

他拿起书，随手翻着，给我大致讲起不幸诗人的种种故事。这些我都不新鲜了。然后，他看到一行他熟悉的诗句，开始念道：

> 瞧这枝，这叶，这果，这花
> 还瞧这儿，我心叩动只为您。[3]

念的时候，他的声音变了，眼泪流出来，流下他

1　本节的楷体字表示原文皆为法文。

2　欧仁·加利哀（Eugene Carriere，1849—1906）：法国画家，以肖像画闻名，善用家居场景。加利哀的个人风格之一，是将色彩减至一片雾蒙。《魏尔仑像》（1891）是其代表作之一。

3　这是魏尔仑诗作《绿》的起首两句。

的脸。

"哦，妈的，"他叫道，"这叫我哭得像头蠢牛。"

他扔下书，笑着，一阵抽泣。我倒了一杯威士忌给他，因为让一个人平静或至少能够忍受此刻那种悲痛，没有比酒精更好的东西了。然后，我们玩扑克牌。他一早就上床了，因为他要赶路，拂晓出发；等我起床，他已走了。我再没见到他。

但是，当我在阳光下骑行，就像纺车旁闲聊的女人那样忙碌快捷，我想起了他。我想，人比书更有趣，但有个缺点，你不能跳读，为了发现精彩一页，你至少得浏览全书；你不能把他们放到书架上，等你想读的时候才拿出来，你必须趁机阅读，就像流通图书馆的一本书，需求如此之大，你必须等到自己这轮，而它在你手里不会超过二十四小时。这时，你可能没心情读，或者匆忙之中，你也许错过了它们要给你的最好的东西。

现在，平原带着一种庄严的宽广伸展开来。稻田不再是由丛林那里辛苦得来的一小块，而是一大片。单调的日子一天接一天，其中有些东西又令人难忘。在城市的生活中，我们只意识到时日的诸多片段；它们本身没有意义，只是我们处理这样那样事情的时间之一部分；我们开始某一时间，而那时它已在进行，我们继续某一时间，并不顾及它的自然终结。但在这里，时间是完整的，你看着它们从黎明到黄昏庄严展开；每天都像一朵花，像一朵玫瑰，含苞，盛开，没有懊悔而是接受自然进程那般凋谢。而沐浴在阳光下的这一辽阔平原，正是上演这一不断重现的戏剧之恰当场地。诸位明星，就像徘徊于某一重大事件现场的好奇之人，譬如刚刚发生的一次战役或地震，先是一个一个怯生生地出现，然后是一众人，站在裂痕周围，或是找寻过往事件的踪迹。

路变得又直又平，尽管到处都有深深的车辙和横过道路的泥泞溪流，但是大段路程可以坐车穿越。当你骑着小马沿着山路而行，每天走上十二或十五英里固然很好，但是，当路又宽又平，这种旅行方式就很考验你的耐性了。我上路已经六个星期，似乎永无止境。然后，突然，我发现自己身在热带。我想，一点一点，就像日复一日的平淡日子，景色一直在变，但它变得很慢，我几乎察觉不到。一天中午，我骑马来到一个村子，就像遇到一位出乎意料的朋友，我感到了浓烈绚丽的南国气息，我高兴得猛吸一口气。浓厚的色彩，脸颊触到的热气，令人目眩然而奇怪遮掩起来的光线，人们不一样的步伐，他们懒洋洋的姿态，寂静，庄重，灰尘——这都是真的，我疲惫的精神为之一振。村里的道路两旁种着罗望子树，它们有如托马斯·布朗爵士[1]的文句，华

1　托马斯·布朗（Thomas Browne, 1605—1682）：英国医生与作家，作品文辞华丽。

丽、庄严而镇定。院子里栽着大蕉，堂皇而蓬乱，变叶木炫耀着它那厚重的阴郁色调。一头乱发的椰子树，就像又高又瘦的老人突然从睡眠中起身。寺院有一小片槟榔林，很高很细，有着一组警句憔悴的精确以及不加修饰、准确无误而且聪明睿智的直截了当。这就是南国。

我们现在得尽早走完每日行程，东方悄悄现出第一道灰白光亮，我们就出发了。太阳升起来了，照在背上很是温暖，但一会儿就变得猛烈，到了十点，它就令人受不了。对我来说，似乎从太初开始，就一直沿着这条宽阔的白色道路骑行，而它还在我的前方无限伸延。然后，我们来到一个漂亮的村子，村公所的所长是位整洁的暹罗人，笑容满面，很有礼貌，请我到他宽敞的家里安顿；当他带我去到他的院子，我看到棕榈树下洒满斑驳阳光等着我的，是一辆坚实耐用且不招摇的红色福特车。我的旅行结束了。它不事张扬，静静结束，有如一出结尾平淡的戏剧。翌日拂晓，凉意飕飕，我把骡子与小马留给丘卓，我出发了。碎石路还在铺，无路可行的地方，福特车就走牛车道。我们到处溅过浅流。我东摇西晃，前仆后撞；可它依然是条路，一条汽车路，我以每小时八英里的速度飞跑。这是那条路上有史以来行驶的第一辆车，田里的农民惊奇地看着我们。我很想知道他们是否有人想到，他们从中看到了一种新生活的象征。它标志着他们自古以来的一种生活之结束，它预示着他们的风俗习惯将有一番革命。它是气喘吁吁来到他们中间的变化，带着一个略为扁平的轮胎，但却吹起蔑视一切的号角：变革。

将近日落，我们抵达火车站。站上有家漆得鲜艳的新客栈，几乎可以叫作酒店。有间浴室，带浴缸，你可躺进去，阳台有躺椅，你可懒洋洋靠在上面。这就是文明。

殉教者

　　我距曼谷不超过四十八小时的火车旅程，但去那儿
之前，我想看看暹罗的故都罗富里和阿尤达。在这些东
方国度，城市兴建起来，臻于大观，然后又被摧毁，在
某种意义上，必然要令很多世纪以来习惯了相对稳定的
西方的旅行者满怀某种疑惑。一位国王，迫于战争危险
或只是为了满足一时兴致，就会迁都并兴建一座新城，
修筑与装饰华丽的宫殿和庙宇；过了几代，当政者又因
别的危险或别的兴致而他迁，旧城被离弃，一片荒芜侵
占了这么多昙花一现的壮丽。远离人烟的丛林中，到处
可以发现树木丛生的寺庙废墟，还有潮湿的草木间那些
破碎的神像与精美的浮雕，作为这里曾是一座繁荣之城
的唯一迹象；而你会遇到贫穷的村庄，这就是一个富强
王国的首都留下的一切，它令人郁闷，思及世事沧桑。

　　罗富里现在只有一条弯曲窄街，是些中式房子，
靠着一条河岸而建；但是，大城遗迹到处都是，朽败的

庙堂、坍塌的佛塔，到处一截截华丽雕刻的碎片，庙里有破碎的佛像，院内则是头与四肢的残片。石膏是灰色的，仿佛被伦敦的雾玷污了，它从砖上剥落，让你想起得了恶心疾病的老人。这些废墟并无典雅的线条，门窗上面的装饰破旧而俗丽，镀金与箔片都被时光剥蚀。

但是，我来罗富里主要是为了看看康斯坦丁·福肯留下的大屋。在我看来，此人可谓在东方建功立业的冒险家之中最为出色的一位。他是瑟法罗尼一位客栈老板的儿子，坐上一艘英国船跑到海上，历经艰险，他到了暹罗，升任国王的首辅。当时，世间盛传他大权在握、显赫富有。耶稣会的奥尔良神父有本小书讲到他，但那是教化之作，对康斯坦丁遗孀经受的苦难着墨太多，即当他死后，面对一位无礼的暹罗王子，她致力守节。她值得赞美的努力，得到她那圣洁的祖母支持，她八十八岁，信仰不失热诚鲜活，不断跟她说起著名的日本殉教者，而她有幸为这些人的后裔。我的孩子，她对她说，做殉教者是多么光荣啊！你在这方面很有利，殉教看来是你家的一个传家宝：你要是有这么多理由想做殉教者，你就应该全力以赴！

令人满意的是，为这些忠告所鼓舞，为耶稣会神父不断的劝诫所激励，这位遗孀顶住了一切诱惑，不做关在近乎王室后宫里的一位珠光宝气的囚犯，而是从一而终，在一位无甚影响的绅士家里洗盘子。

奥尔良神父对福肯的经历本应讲得更详尽些。他由卑位攀到如此顶峰的变迁，的确值得免于湮没。他自认是一个虔诚的天主教徒，一位致力于国王利益的正直臣子；但是，奥尔良神父讲到推翻国王与王朝并将这位希腊人交给愤怒的暹罗爱国者之革命，读来却仿佛将史实做了似乎必需的某种安排，以让大王[1]和各位高官免于责难。一层得体的面纱罩在这位倒台的宠臣所受的苦难之上，但他死在刽子手的手下却是大有教益。读来尽管枯燥，你还是感受到一位有权有势、卓越不凡的人物。康斯坦丁·福肯寡廉鲜耻，残酷无情，贪得无厌，背信弃义，野心勃勃；但他了不起，读他的故事，就像读普鲁塔克[2]的一部传记。

但是，他建造的大屋只留下一圈高高的砖墙，三四间没有屋顶的房子，坍塌的墙壁，洞开的门窗。它们依稀还有路易十四朝代建筑的高贵。这是一处难看的废墟，只令你想起一组草草建成并毁于大火的别墅。

我回到河边。河很窄，很浑，在高高的两岸之间很深，对岸是浓密的竹林，竹林后面红日正在落山。人们在洗晚浴，父母在给孩子洗澡，洗完澡的僧人在漂洗黄色的僧袍。这是令人愉快的景象，这要多谢那些破烂废

1　原为法文。

2　普鲁塔克（Plutarch，约46—120）：古希腊传记作家与散文家，代表作为《希腊罗马名人比较列传》。

墟激起的敏感与茫然。

我没有给死人穿衣令其还魂的想象力，也没有对同一事物再三感动的能力。我知道有些人每年要读一遍《利己主义者》[1]，还有人去巴黎，从来不会不看一眼马奈的《奥林匹亚》。我一旦从一件艺术品那里得到特有的兴奋，我就与之脱离关系了，直到多年以后，我变成了另一个人，我还可以从《利己主义者》里面读到一本我从未读过的书，从马奈的《奥林匹亚》里面看到罗浮宫刚刚挂出的一幅画。我有一种感觉，阿尤达给我的不会多过罗富里，所以我决定忽略它。而且，我喜欢安逸。我在客栈之间奔波得够久了，渴望一间东方酒店适度的舒适。我有点腻了罐头肠和罐头梨。自从离开东枝，我既没收到一封信也没读过一份报，我愉快地想到，曼谷肯定有个大包裹在等着我。

我决定直接去那儿，不在途中逗留。火车悠然穿过开阔的乡野，远处青山起伏。铁路两旁是一望无际的稻田，但也有很多树木，所以风景颇为宜人。各种长势的稻子都有，从小块田地的青苗，到阳光下变黄的将熟稻穗。到处有人收割，有时候，你看到三四个农民排成一列背着大捆大捆的稻子。我想再也没有什么人类主食需要如此劳力，先是栽种，然后又为食用做准备。铁路

1　《利己主义者》：英国作家乔治·梅瑞狄斯（George Meredith，1828—1909）的小说，无情解剖人类固有的自私自利。

一旁的河里，成群水牛翻腾不已，看管水牛的是个小男孩，或是一位头顶大帽、肤色古铜的矮个男人。小群的禾雀飞得又白又亮，有时则是脖子细长的苍鹭。铁路一旁的车站总有一堆闲人，他们的帕朗[1]要么鲜黄要么深红要么翠绿，在灰尘与阳光下五彩斑斓。

车到阿尤达。我安于看看火车站来满足自己对这古城的好奇（毕竟，要是一位科学家可以凭借股骨再现一种史前动物，一位作家为什么不能从一个火车站得到他想要的那些感受呢？宾夕法尼亚车站具备纽约所有的神秘，维多利亚车站则有伦敦巨大的阴郁和疲惫），我目光漠然将头伸出车窗。但是，一个后生跳过来迅速打开车门，令我差点摔到月台上。他头戴一顶小小的圆形遮阳帽，身穿白色的斜纹卡其外套，一条黑色的丝绸帕朗弄成马裤的样子，脚上是黑丝袜和漆皮便鞋。他的英语讲得流利。他说他奉命来接我，会带我去看阿尤达要看的一切；栈桥有艘汽艇等着，要带我去河上到处看看；他已安排了一辆马车；而客栈早上已经清扫干净了。他最后说：

"一切都好。"

他一口闪亮的大白牙对着我微笑。这后生黄脸光滑如一只簇新盘子，颧骨高耸，眼睛黑亮。我于是不忍告

1　帕朗（panaungs）：可能是当地人的裙服。

诉他我不会在阿尤达逗留，而他的确也没给我时间，就叫来搬运夫把我的行李搬下车去。

他很尽责。他令我无所遗漏。我们从车站沿着一条罗望子树遮阴的宽街步行，街道两旁是些中国商铺，阳光明媚，途人构成一幅幅迷人的小风景。所以，我本想在此逛逛，但我的导游告诉我，这里没什么好看，得去曼谷逛商店，那儿有可以在欧洲买到的所有东西。他柔中带着果决，领我去到栈桥。我们上了汽艇。河很宽，水很黄。一路都是卖东西的船屋，泥泞的岸上，桩木支撑的房子坐落在果树之中。我的导游带我去到岸边一个围墙圈住的地方，那里曾是一座皇宫，现在只是废墟，从前可能做过谒见室的房间里，有一张御床和一把御椅，还有一些木雕残片。他让我看数不清的佛陀头像，有铜像，也有石像，它们来自罗富里，或是阿尤达众多寺院的出土之物。我们顺着一条路走了一会儿，一辆小马车和一匹倔强的小马在那里等着我们。安排得真好！我们沿着一条惬意的林荫路驱车两三英里，道路两旁座座农舍，每家门外有个纸糊小塔，塔上插了很多小白旗，目的是让这家人不得霍乱。我们来到一个大公园，有着绿色的空地，是个野餐的好去处。这里是一所宫殿和几个大庙的遗址，有很多废弃的佛塔，其中一座庙内，有尊铜制的巨佛坐像，它舍弃一切，孤单寂寞，却又漠然处之。到处都有孩童在树下玩耍。暹罗小男孩眼睛大，头发卷，样子调皮，非常可爱。我的导游顺带指给我看开着淡紫色花的一种灌木。他告诉我，当你看到它，就可确信没有老虎。

"你们英国没老虎。"他笑道，不过，我觉得他并非没有傲气。

我语带谦逊反驳道：

"不，我们在那挤迫的小岛过着安宁的生活。我们遭遇的危险，充其量是一个鲁莽的醉酒司机，或是一位被人奚落的泼妇。"

回到河上，我衷心感谢暹罗后生带我看了这么些有趣的东西，并说我现在想去客栈，他一听，闪亮的大眼睛睁得更大了，他尖起嗓子告诉我，他要带我看的东西我还没看到一半。我调皮地看着他，嘟哝道：够了，绰绰有余。他听了大笑，显然带着一种奉承，相信我是刚刚发明了这一隽语，但又看出"够了"纯是一句客套，令我不知所措。我让他带我去另一个荒寺，一片零乱荒芜的景象，我不耐烦地扫了一眼另一尊巨佛。一尊又是一尊。终于，我们来到一处还有香火的寺庙。我松了口气。这好比离开一间没有家具、一团空寂的招租房，来到闹热的街上。栈桥那里有乘着舢板的女人们售卖金叶、纸品和燃香。往寺庙去的道路两旁是些小桌子，摆着同样的器皿、糖果还有糕饼，小贩在忙着生意。庙堂不是很大，一尊佛陀巨像几乎塞满，当你迈上台阶望进门去（阳光依然令你眼花缭乱），隐约辨出幽暗之中耸现的那尊镀金巨像，真是令人生畏。佛陀前面是两位弟子的高像，祭台满是点燃的香火。一张柚木大床放在一个角落，上面坐了两位僧人，在抽粗粗的暹罗香烟、喝茶、嚼槟榔，他们似乎并不留意殿内之人；有些善男信女和小孩为了积功德，正将金叶贴在佛陀所坐的巨型莲花座上。一个瘦削的中年女人，有张机灵的瘦脸，跪在地上念念有词，正在用她扔到地上的几颗大木珠算命，而木珠落地是凹面还是平面，她的问题就有解答。有位老人带了五六个家人前来，中年女人刚一算完，他就抓过木珠，行过一番既定仪式，他把木珠扔到地上，全家人焦急地看着。完了之后，他点燃一支香烟，跪着的其他人站了起来，但究竟好命还是坏命，从那些漠然的面孔之上，你根本看不出来。

现在，我的导游终于带我去到为我清扫干净的客栈。那是一个船屋，有条面对河流的窄廊，一间深色木头的长客厅，一个卧房，两侧是浴室。我很喜欢这里的样子。暹罗后生请我饭后去他家，说是要叫他的朋友来，但我告诉他我累了，说了很多客气话，他走了。快黄昏了，我终于一个人，坐在走廊观望河上的交通。小贩们轻松地划着舢板而行，船上坛坛罐罐，有卖蔬菜的或用小炉煮的食物。农民们载着一船大米经过，或是一位满脸皱纹头发灰白的老妇，漫不经心划着一叶独木小舟，仿佛她在沿街步行。客栈位于一个河湾，它停泊的河岸在此急转；岸上满是杧果树、棕榈树和槟榔树。太阳落山了，红红的天空衬出树木的轮廓：有着蓬乱树冠的槟榔树看似一柄破掸帚，但是到了晚上，在蓝宝石的夜空映衬下，它却有着一幅波斯细密画的特征。伴随最后一抹日光，一群白鹭，像是无端掠过心头的散漫思绪，纷纷飞至宁静的河面。黑夜降临，起初，远在对岸的船屋灯火通明，但是灯火相继熄灭，只有水中零星倒映的微微红光。星星一颗一颗现身，天空一片闪耀。河上的交通停歇了，间或只闻一支船桨的轻溅，那是有人在归家途中悄悄经过。夜里醒来，船屋有些摇晃，我感到一丝微弱的摆动，并且听到一阵汩汩的水声，就像一首东方乐曲的幽魂正在穿越时间而非空间。为了这一美妙的安宁，为了这一醇厚的寂静，那些观光统统值得忍受。

曼　谷

几小时后，我到了曼谷。

审视东方这些人口稠密的现代都市，不可能没有某种不快。它们都一样，笔直的街道，拱廊，电车道，灰尘，耀眼的阳光，到处的中国人，密集的交通，永无休止的喧嚣。它们没有历史没有传统。画家不画它们。用思古幽情来美化断垣残壁的诗人，也不赋予它们本身没有的忧郁之美。它们自己过活，没有交往，就像一个没有想象力的人。它们硬邦邦光闪闪，就跟歌舞喜剧的一幅幕布那样虚幻。它们什么也没给你，但是当你离开它们，你觉得自己错过了有些东西，你不禁以为它们对你隐瞒了某个秘密。你虽然有点无聊，还是渴望回想它们；你确信，你要是待久一点或是换个情形，它们终究会给你有些你能吸收的东西。因为，把一件礼物送给不能伸手来接的人没有用。但你要是回去，这个秘密依然令你困惑，你问自己，说到底，它们唯一的秘密，是否就是笼罩着它们的东方魅惑。因为它们叫作仰光、曼谷或西贡，因为它们位于伊洛瓦底江、湄南河或湄公河，那些浑浊的大河，它们似乎有着古老与传说中的东方令富于想象的西方着迷的魔力。一百个旅行者可以从中寻求一个问题的答案，这个问题他们说不出来，却又折磨着他们，结果只有失望，而另一百个旅行者还会继续追问。谁能如此描绘一座城市，像是要给它描出一幅意义重大的图画？对于住在其间的每一个人，它是迥然相异的地方。没人可以说出它究竟是什么，也无关紧要。对我来说，唯一重要的事情，是它对我有何意义；当放债人说，你可拥有罗马，就他来说，他说了关于这座不朽之城要说的一切。曼谷，我把我的印象放在桌上，就像一位园丁放下他剪的一大堆鲜花，留给你来整理，我问自己，我能从中拼出何种花样。因为，我的印象如同一条长长的饰带，一幅模糊的挂毯，我的职责就是从中发现一种雅致同时也很动人的装饰。但是给我的素材却是灰尘、酷暑、嘈杂、白色以及更多的灰尘。新马路是城中要道，全长五英里，两旁为又矮又脏的房屋，还有商店，卖的东西多半欧洲货与日本货，陈旧而邋遢。一辆有轨电车塞满乘客，悠然驶过整条街道，司机的喇叭按个不停。马车和人力车铃声阵阵来来往往，汽车鸣着高音喇叭。人行道上都是人，行人踩的木屐咔嗒个没完。他们囊囊地走着，声音就像丛林中的蝉鸣持续而单调。

这里有暹罗人。暹罗人长得不好看，头发短硬，穿着帕朗，即把一幅宽布折成一条宽松舒适的马裤，但他们年纪一长则与众不同：他们不是长胖，而是变瘦甚至憔悴；不是秃顶，而是头发灰白；他们饱经风霜皱纹密布的黄脸上，一对黑眼炯然凝视；他们走路很好看，身子笔挺，但不像多数欧洲人那样从膝盖打伸，而是从臀部挺直。这里有中国人，穿长至脚踝的黑、白、蓝裤，数也数不清。这里有阿拉伯人，高个子，浓胡须，戴白帽，样子就跟鹰一样；他们走得不慌不忙，从那放肆的目光，你看得出他们对受其剥削的种族之蔑视，对一己精明的自豪。这里有缠头巾的印度人，黑皮肤，有着雅利安血统纯净敏感的容貌；如同在印度之外的东方各地，他们似乎有意格格不入，小心翼翼穿过人群，仿佛他们走的是一条偏僻的丛林小道；所有那些莫测高深的面孔，要数他们的脸最为费解。太阳照得热辣，路是白的，房子是白的，天是白的，除了灰尘和酷暑的颜色，什么色彩也没有。

但你要是离开大路，就会发现自己置身纵横交错的小街，幽暗，阴凉，肮脏，还有铺着卵石的曲折小巷。朝街而开、招牌艳丽的无数商铺里，勤劳的中国人忙于一座东方都市的种种营生。这里有药房、棺材铺、钱庄和茶楼。沿着街道，负重的苦力喊着粗嘎的中国话飞快地蹦跳，小贩挑着食担售卖热气腾腾、你忙得来不及在家吃的饭菜。你仿佛身在广州。中国人在这里过着独处的生活，对于暹罗统治者致力将这座奇怪、单调与混乱之城变为西式都城，他们漠不关心。统治者的用心体现在宽阔的大道，灰扑扑的笔直马路，有时候顺着一条运河而开，并用这些将一堆破烂街道围住。它们美观、宽敞而堂皇，并有树木遮阴，是一位雄心勃勃的国王设计的一座大城之精心装饰；但是它们并不真实。它们有些做作，所以，你觉得它们更适合王室庆典而非日常使用。这些路没人走，它们像是等候典礼与游行。它们就像一位倒台君主的园囿中那些荒芜的林荫道。

寺院之城

曼谷看来有三百九十所寺院。一所寺院就是一组用作佛寺的建筑，它由一道墙围住，常常筑有式样迷人的雉堞，就像一座围城。每所建筑都有它的用途。主要建筑叫作柏提，它是一间高大的厅堂，通常有个中殿和两条走廊，佛陀在此立于镀金座上。还有一所建筑与柏提非常相似，叫作维哈腊，用于宗教节日、典礼和平民集会，与柏提有别的是，它没用神圣的石块围住。柏提，有时包括维哈腊，由一圈回廊环绕。然后还有庇护所、图书馆、钟楼和僧房。在主要建筑的周围，依照顺序是些大小佛塔（它们也有名字，叫作帕邦与帕斋滴），有的安放王室成员或虔信者的骨灰（甚至可能是王室成员兼虔信者的骨灰），有的只是装饰，仅为那些筑塔的人积功德。

但是，我不能期望靠着这份资料（我是在一本论述暹罗建筑的书中找到的）给出我的印象来，即看到这些不可思议的建筑时，向我袭来的近乎令人目瞪口呆的惊奇。它们跟世间任何东西都不一样，所以你大吃一惊，难以把它们放进你所熟悉的事物体系。想到这个阴郁的世间竟有如此奇异之物，你开怀大笑。它们很华丽，它们闪着金光与石灰的白光，但又并不俗艳；在那明快的天空下，在那耀眼的阳光下，它们毫不退让，公然蔑视自然的光华，并以人类的智巧和顽皮的果敢为之添彩。从古高棉的建筑把它们逐步发展而来的那些能工巧匠，敢于将自己的幻想臻于极致；我猜艺术对他们没有多少意义，他们希望表现一个符号；他们不知道缄默，他们不在乎好品味；他们若是获得艺术成就，就像人获得幸福，并非追求得来，而是靠着一心从事每天所要求的无论什么工作。我不知道他们实际上获得了艺术成就；我不知道这些暹罗寺院有着他们所说的矜持、超然与非常优雅之美。我所知道的，是那些寺院建筑很奇特很鲜艳很古怪，它们的线条很突出，有如学童的几何书中一个命题的线条，它们的色彩很张扬很粗野，就像露天集市的菜贩摊上蔬菜的颜色，而且，如同七条路线相会之处，它们开放道路，为想象提供多种随意以及意外之旅。

王室的寺院并非一座，而是寺院之城；它是一堆五光十色的殿堂与佛塔，有的荒废了，有的外观簇新；有的建筑虽然有些老旧，但色彩艳丽，好像精灵菜园中的魔怪蔬菜；有些砖砌的房子镶有奇异的砖花，其中三朵很大，其余多为小花，它们排成一行行，看似神仙国乡村集市射击场的奖品。这好比尤弗绮丝[1]的一页文字，那种对冗长词汇的喜好，发明了这么多洪亮、荒诞与浮夸的辞藻，令你笑得要死。这是一座你出不去的迷宫。屋顶与屋顶相叠，而在暹罗建筑中，屋顶是其首要的荣耀。它们排为三层，最上一层倾斜而下，下面两层的斜度依次减低。它们铺着琉璃瓦，红黄绿悦人眼目。三角墙[2]上框有圣蛇那嘎，蛇头位于下方屋檐，起伏的蛇身攀上屋顶的斜面到达顶角；三角墙上饰有因陀罗骑象或毗瑟挐乘鸟的木质浮雕[3]；这是因为佛教寺院并不惧怕为其他信仰的神祇提供栖所。楣梁和门柱的镀金与玻璃镶嵌画，门窗的黑色与金色髹漆，一切都富丽得惊人。

　　它很大，它很挤，它令人眼花缭乱喘不过气，它很空，它死气沉沉；你漫步其间，有些郁闷，因为对你来说，它最终毫无意义，它逼你"哦"然惊讶，但绝非"啊"声动情；它没意义；它是一则填字游戏中一堆古

1　尤弗绮丝（Euphues）：16世纪英国作家约翰·李利（John Lyly）两部作品中的人物。因为李利的文风做作华丽，后来引申出"尤弗绮丝体"（euphuism）一词，专指浮华文体。

2　斜屋顶两端的墙称为三角墙。

3　因陀罗（Indra）：是印度教主神之一，司雷雨。毗瑟挐（Vishnu）也是印度教一大主神，为守护之神。毛姆原文中，毗瑟挐所乘之鸟为Garuda，中译"揭路荼"，是印度神话里鹰头人身的金翅鸟。

怪、陈旧与多音节的词汇。在你闲逛之时，你上前打量一道高栏，见到一座假山庭园，你进到里面松了一口气。它有一条小小的人工水流，零星架着几座乡村小桥；它像是中国画里古代贤人隐居的山野，水边的假山上有石雕的猴子、野猫和矮小人儿。那里有一株木兰，一棵中国柳树，还有叶子肥大与光亮的灌木。这是一个惬意奇妙的休憩之地，在舒适与安宁之中，一位东方国王正好可以沉思园中事物的无常。

但是还有一座寺院名叫苏冉，给你的印象却非如此杂乱。它很干净，打扫得不错，没人，很安静，而空间与寂静把它装点得不同一般。回廊到处都是靠得很密的镀金坐佛，当夜幕降临，这里只剩它们潜心冥想，它们显得神秘莫测，有些不祥。院内到处生着灌木，还有粗矮虬曲的树木。群鸦乱飞，聒噪不已。两重台上柏提高耸，粉墙为雨水玷污为烈日烘烤而黄迹斑斑。那些四角凹槽的方柱略微内倾，柱头生出奇花，就像魔怪花园的花朵。它们的效果有如镶着金银、宝石与翡翠的奇妙饰品。三角墙上的雕刻精细繁复，低垂如岩穴中的铁线蕨，攀爬的圣蛇就像中国画里的海浪。墙上三个高高的木门，雕刻与镀金繁重呆笨，高处紧闭的窗户带有百叶窗板，褪色的镀金隐隐闪光。入夜，当晴空转为粉红，那个屋顶，那个带着飞檐的高高斜顶现出各种乳光，你再也不能相信这是人工筑造，因为它好像是由一时冲动、诸多记忆和痴心妄想建造。寂静与孤独似乎就要成形并在你的眼前现身。而这时，寺院很高很细，有一种惊人的优雅。但是，唉，它的精神意义却跟你擦肩而过。

乔达摩的哲学

在我看来，这类光景，我在此间路过的那些简陋小庙更为多见。它们的木墙与茅顶，它们矮小俗气的塑像，有种寻常却又简素的况味，似乎切合乔达摩[1]宣扬的朴实严谨之教。我想，与其说它是城市之教，不如说它是乡村之教，它的周围总是有着野生无花果树的绿荫，而佛陀就在树下悟道。传说他是一位国王的儿子，所以，当他弃世，他可能放弃了荣华富贵；但实际上，他不过是一个富裕乡绅家庭的子弟，而当他弃世，我猜他放弃的只是许多水牛和一些稻田。他的生活，就跟我在掸邦路过的所有村落的村长一样简朴。他所在的那个社会热衷玄谈，但他并不喜欢玄学，狡猾的印度教圣者逼他辩论时，他渐渐有些不耐烦。他不愿臆测宇宙的起源、意义和目的。他说："七尺之躯，必有一死，然而

1　乔达摩：释迦牟尼的姓。

中有神智，此诚为宇宙及其缘起与消逝。"他的信徒为婆罗门博士所迫而谈玄自辩，终于把他们的信仰阐发为一套满足智者渴望的理论，但是，就像所有的宗教创立者，乔达摩实则只有一事可言：困乏负重之人，汝等且来我处，我予你安宁。

世人所见的多数神明都有些疯狂地要人笃信，并以可怕的惩罚威胁那些（无论他们如何乐意）信不了的人。他们对妨碍自己派出大礼的那些人之猛烈抨击有些可怜。他们似乎真心以为，正是他人的信仰令他们具有神力（仿佛他们的神性根基不稳，在某种程度上，每一位信徒都是一块用来支撑的石头），而只有他们成为神，他们渴望传达的信息才有效力。只有人信他们，他们才能变成神。但是，乔达摩只是提出内科医生的要求，即你该让他试一试，用结果来评判他。他更像全力以赴的艺术家，因为创造艺术就是他的职责，并对他的礼物作出如此这般的修改，就像他不信灵魂必须表示的那样。因为众所周知，佛陀的教义最重要的一点，就是没有灵魂或自我这样的东西。每个人都是各种特性、物质与精神的积聚[1]；没有变化就没有积聚，没有消逝就没有变化。无论什么东西，有始也有终。这一想法令人愉快，就像阳光照耀的凛冽冬晨，你脚步轻快走在横越唐

---

[1] 佛教认为人是由"五蕴"（色蕴、受蕴、想蕴、行蕴、识蕴）和合而成。"蕴"即毛姆所谓积聚与聚合。

斯[1]的路上。因果（我斗胆提醒读者）这一理论，即一个人今生的行为决定他来世的命运。死亡的时候，受到求生欲望的影响，各种特性的短暂积聚，亦即一个人，重新聚合形成另一短暂积聚。人只是一系列因果的当前与短暂一环。因果定律认定每一行为必有结果。它是对世间之恶的唯一解释，不会令人心生嗔怒。

　　我先前已知会好心的读者，我习惯读几页哲学书来开始新的一天。就像晨浴有益身体，这一习惯有益心灵。我虽然没有自如穿梭抽象概念之间的那份才智，而且经常完全不明白自己读过的东西（这倒不会令我太过分心，因为我发现专业学者也时常抱怨不能彼此相通），但我还是继续读，有时候，我会遇到一段我觉得特别有意义的文字。我不时受到一句妙语的启发，因为过去的哲学家写得常常不是一般的好，而且，因为一位哲学家最终只是以他的成见、个人的希望和癖好来描绘自己，他们多半是些性格强健的人，我常常有结识一位奇人的快乐。我就这样随意读了世上多数伟大哲学家的著作，试着到处学点东西，或是就摸索穿行于迷宫般的人生丛林中，必定对困扰每一个人的问题有所领悟：我最有兴趣的，是他们如何处理恶这一难题。我得到的启发并不大。他们中间最优秀的人只不过告诉你，恶终

1　唐斯：英格兰南部有草的丘陵地。

将被认为是善，而受苦的我们必须以同等之心接受自己的苦痛。困惑之中，我读了神学家的有关论说。毕竟，罪恶是他们的范畴，就他们而言，这个问题很简单：上帝若是仁慈与全能，那他为什么容许恶？他们的答案很多，令人困惑，它们既不能让心也不能令意信服。对我来说——我谦卑地谈及这些事情，因为我一无所知，而且，凡人虽然肯定会问，但答案或许只有专家才能明白——我不能接受它们。

眼下，我带到路上读的一本书正好是布拉德利[1]的《表象与实在》。我以前读过，但发觉很难，想再读，可因为这本书很笨重，我扯开装订，把它分为几个部分，这样当我读够了，骑上小马离开过夜的平房，就可方便地放进衣袋。这书读来有益，虽然它几乎说服不了你，但常常很尖刻，作者有着令人愉快的讽刺才能。他从不装腔作势。他以轻松笔触处理抽象问题。但是，它就像展览会上那些立体派房屋之一，虽然明亮、整齐、通风，可是线条太严整，陈设太简朴，你不能设想自己在炉火旁烘着脚趾手握一本闲书躺卧安乐椅中。但是，当我偶然读到他对罪恶问题的论述，我发觉自己就像教宗见到一位年轻女子匀称的小腿那样，真的觉得震惊。他说，绝对是完美的，恶只是一个表象，必然有益于整

1　布拉德利（F. H. Bradley, 1846—1924）：英国哲学家。

体的完美。过错促成了更为强大的生命力。恶在更高的一端扮演了一个角色，在这个意义上，它无意中也是好的。绝对令所有不和变得丰富。不知为什么，我回想起大战初期的一个场景。那是十月，我们的感受还未迟钝。一个阴冷之夜，有场参与者以为的战役，实则无关紧要、报纸鲜有提及的小冲突，死伤大约千人。伤者躺在一间乡村教堂地面的稻草上，只有祭坛的蜡烛照明。德国人在进攻，必须尽快疏散伤员。熄了灯的救护车整夜来来往往，伤员喊着要求把他们带走，有的正抬上担架就死了，被扔进门外的尸堆，他们脏兮兮血淋淋，教堂散发出人体的血腥味与恶臭。有个小子伤得实在不堪，不值得把他弄走，而当他躺在那儿，看着自己两旁的人被带走，他尖声叫道：我不想死，我太年轻。我不想死。[1]他不停叫着他不想死，一直叫到他死。这当然不是争论。它不过小事一桩，唯一重要的，是我亲眼目睹，数天之后，我耳朵里还回响着那绝望的叫喊；但是，一位比我了不起的人，一位哲学家，而且竟然还是一位数学家，他说心有原因而意不知（处于这些混杂的事情之中，我还是使用佛教用语吧），而对我来说，这一场景足以驳斥这位玄学家不切实际的理论。但是，落到我身上的恶，若是我从前所为的结果，我内心可以接

1　原为法文。

受（这个"我"不是我死去的灵魂，而是我前世所为的结果），而且，如果恶只是那些受苦的人曾经犯下的罪之结果，我就会安于周遭所见的这些恶：死去的年轻人，（最痛苦的是）在剧痛中生下他们的母亲之悲伤，贫穷，疾病，落空的希望。这是一个既不令人心生嗔怒也不令人意生嗔怒的解释；我只能从中挑出一个毛病：它让人难以置信。

患疟疾的日子

　　酒店面河。我的房间是一长列客房之一，很黑，两边都有阳台；微风吹过，但很气闷。餐厅很大很暗，为了凉爽的缘故，窗户都关上了。侍者是些沉默的中国人。不知为什么，淡而无味的东方食物令我恶心。曼谷热得受不了。寺院的艳丽令我难受与头疼，它们奇异的装饰让我不适。一切看上去都太亮，街上的人群令我疲倦，不停的喧嚣让我的神经受不了。我感觉很不舒服，但我说不准是身体还是精神有问题（我很怀疑艺术家的感受，我常常服用一小片肝丸来消除一系列强烈而阴郁的念头），为了息事宁人，我量了一下体温。一百零五度[1]，我吓了一跳。我不敢相信，又量了一遍，还是一百零五度。内心再怎么苦恼，也惹不出这样的毛病。我上床躺下，叫人请医生来。他告诉我可能得了疟疾，抽了

---

[1]　一百零五度：这里指华氏温度，约为40.5℃。

点血去化验；然后他返回来说，毫无疑问，并给了我奎宁。我随后想起，我的暹罗下行之旅快要结束时，那位驿站的站长坚持要我住他家。他给我他最好的卧房，并且非常希望我睡他那张从曼谷远道而来、漆得光亮的欧式松木大床，而我不好说他那张床没蚊帐，我宁愿睡自己带蚊帐的小行军床。疟蚊抓住了这一千载难逢的时机。

疟疾显然发作得厉害，因为有几天，奎宁对我并无效用，就像疟疾患者通常所见，我的体温升得很高，用湿被单和冰袋都降不下来。我躺在那儿，气喘吁吁，无法入睡，脑子里满是怪异的佛塔、镀金大佛向我压来。那些带阳台的木头房间令所有声音都可怕地被我听见。一天早晨，我听到酒店的女经理，一位和蔼却又精明的女人，用她带喉音的德国腔对医生说："我不能让他死在这儿，你知道的。你必须带他去医院。"医生答道："好的。但还要等一两天。""好吧，别太久了。"她说。

然后，转机来了。我大汗淋漓，床上很快湿透了，仿佛我在床上洗了个澡，康宁降临了。我可以自由呼吸了。我的头再也不疼。后来，当他们把我抬上一张躺椅，我从痛苦之中解脱出来，我觉得格外高兴。我的脑子似乎极为清醒。我就像初生的婴儿那样虚弱，有几天什么也做不了，只能躺在酒店后面的露台看河。汽艇忙碌往返，舢板数不胜数。大型汽船和海船溯河而上，颇有一个繁忙港口的气氛；你要是热衷旅行，看到最小、最破、最脏的不定期远洋货船,你不可能没有一阵战栗和登船去到某一未知港口的渴望。清晨,暑热来临之前,这里一片明快;将近日暮,又是多姿多彩,充满即将来临的黑夜之影,显得有些不祥。我看着汽船缓缓上行,哗啦啦将锚链抛下,我看着三桅船静悄悄顺流而下。

忘了是什么原因,我没能看王宫,但我不后悔,因为这样我就保留了一丝神秘,在所有的感受之中,这一感受你是最少能在曼谷找到的。它由一道长长的白墙围住,筑着奇怪的雉堞,样子就像一排莲芽。一道道门相隔一段距离而开,门口站着的卫兵身穿古怪的拿破仑式服装,他们一副如演歌剧的可爱样子,让你觉得他们随时都会引吭高歌。夜晚将临,白墙粉红剔透,然后,在它上方,暮色用其温柔的魅惑裹住了围墙的艳丽。一团杂乱之中,你看到王宫和寺院多姿多彩的屋顶,还有座座佛塔光彩熠熠的塔尖。你猜想有着装饰精美的宫门之宽敞庭院,在那里面,朝臣穿着素朴却又高贵的衣裳,正在致力机密事宜;你想象排列着修剪整齐的树木之道路,阴森宏伟的庙宇,镶金嵌玉的王廷,暗香浮动、幽暗凉爽的宫室,里面随意堆满传说中的东方宝物。

因为除了看河与坐在椅子上养病之外无事可做,我编了一则童话。以下就是。

九月公主的小鸟

　　起初，暹罗国王有两个女儿，他叫她们日和夜。然后，他又有了两个女儿，所以他把头两个女儿的名字改了，将四个女儿按季节称为春、夏、秋、冬。可是，他后来又有了三个女儿，他再给她们改名，用一个星期的天数来称呼七个女儿。但是，当他的第八个女儿出生，他不知道怎么办了，直到他突然想到一年的月份。王后说，只有十二个啊，得记这么多新名字她会糊涂的，但国王是个有条不紊的人，当他拿定主意，即使再怎么努力他也决不改变。他为所有的女儿改名，唤她们为一月、二月、三月（不过，当然是用暹罗语了）直到最小的一个唤作八月，下一个就叫九月。

　　"只剩下十月、十一月和十二月了。"王后说，"这些叫完了，我们就得全部重来一遍。"

　　"不会的。"国王说，"因为我觉得十二个女儿对于任何一个男人来说都足够了，等可爱的十二月生下

164

来，我就不得不砍下你的脑袋。"

他一边说，一边哭得很伤心，因为他太喜爱王后了。当然，这让王后很不安，因为她知道，要是国王不得不砍下她的头，他会非常痛苦。而对她来说，这也很不好。但是真巧，他们两个人都不需要担心了，因为九月是他们所生的最后一个女儿。在那之后，王后只生儿子，他们的名字依照字母表来叫，所以好一阵子没有理由担心，因为她只生到字母J。

现在，暹罗国王的女儿们因为不得不以这样的方式更名而怨恨不已，大女儿们的名字当然比别人变得多，她们的怨恨也就更多。但是九月，她从不知道除了九月之外被叫作别的名字是什么滋味（当然，除非她的姐姐们因为心怀怨恨用各种各样的名字来叫她），却是非常的甜美可爱。

暹罗国王有个习惯，我觉得或许值得欧洲仿效。他过生日的时候不是收礼而是送礼，看起来他好像喜欢这样，因为他过去常说，他很遗憾只是在一天出生的，所以一年只有一天的生日。但是，通过这种方法，他终于设法送掉了自己所有的结婚礼物，暹罗各个城市的市长献给他的忠诚演辞，以及所有不再流行的旧式王冠。有一年的生日，因为手边没别的东西，他给了女儿们一人一只关在漂亮的金鸟笼里的漂亮绿鹦鹉。它们一共九只，每个笼子写着月份也就是所属公主的名字。九位公主都以自己的鹦鹉为荣,她们每天花一个小时教鹦鹉说话(因为跟她们的父亲一样,她们也是有条不紊的人)。不久,所有的鹦鹉都能讲"天佑吾王"(是用很难的暹罗话讲的),有些还可以用多达七种的东方语言叫"靓鹦哥"。但是有一天,当九月公主去跟她的鹦鹉说早安,她发现它躺在金鸟笼里死了。她一下子泪如雨下,她的侍女们说什么也不能安慰她。她哭了又哭,侍女们不知道怎么办,就告诉了王后,而王后说,真是胡闹,这孩子别吃晚饭最好上床去。侍女们想去参加一个派对,所以她们赶紧把九月公主弄上床,把她一人留了下来。当她躺在自己的床上,即使觉得很饿但还在哭的时候,她看到一只小鸟跳进她的房间。她把拇指从嘴里拿出来并坐了起来。然后,小鸟开始唱歌,他唱了一首很美的歌,唱到国王花园里的湖泊,映在宁静水中的柳树,在柳枝的倒影之间游弋的金鱼。当他唱完,公主再也不哭了,她完全忘了自己没吃晚饭。

"这首歌很美。"她说。

小鸟对她鞠了一躬,因为艺术家天生就有好的风度,他们喜欢被人赏识。

"你介意让我来代替你的鹦鹉吗?"小鸟说,"当然,我看上去没那么漂亮,但是另一方面,我有一副好得多的嗓子。"

九月公主高兴得拍手,然后,小鸟跳到她的床脚并唱歌伴她入睡。

第二天她醒来，小鸟还站在那儿，她睁开眼睛时，他跟她道了早安。侍女们把她的早餐送进来，他从她手上啄米粒吃，并在她的碟子里洗澡。他也在那儿喝水。侍女们说，她们觉得喝自己的洗澡水不是很有教养，但九月公主说，这就是艺术家的气质。当他吃完早餐，他又开始唱歌，唱得很优美，侍女们很吃惊，因为她们从没听过这样的歌声，九月公主非常自豪与开心。

"我现在想带你去见我的八个姐姐。"公主说。

她伸出右手的食指作为栖枝，小鸟飞来站在上面。然后，在侍女们的跟随之下，她走遍王宫，依次拜访每一位公主，从一月开始，因为她不忘礼节，一直拜访到八月。小鸟为每一位公主唱了一首不一样的歌。但是，鹦鹉们只会说"天佑吾王"和"靓鹦哥"。最后，她把小鸟给国王和王后看。他们又惊又喜。

"我就知道不让你吃晚饭上床睡觉没错。"王后说。

"这只鸟比鹦鹉唱得好多了。"国王说。

"我本应想到大家都说'天佑吾王'你肯定听得很厌了。"王后说，"我不明白女儿们为什么也想教鹦鹉这样讲。"

"这种情感值得赞美。"国王说，"听得再多我也不介意。但我的确烦了听那些鹦鹉说'靓鹦哥'。"

"它们可是用七种语言讲的。"公主们说。

"没错。"国王说，"但这太像我的那些顾问了。同一件事，他们有七种不同的说法，每一种说法都不知所云。"

正如我说过的，公主们天生怨恨，她们对此很恼火，鹦鹉们的确也很郁闷。但是，九月公主跑遍王宫的所有房间，像云雀一样欢唱，而小鸟在她身旁飞来飞去，歌声也的确跟夜莺一样。

就这样过了几天，八位公主碰头了。她们去到九月那里，围着她坐了下来，并依照暹罗公主的教养把她们的双脚遮住。

"可怜的九月。"她们说，"你的漂亮鹦鹉死了，我们都很难过。不像我们都有一只宝贝鸟儿，你一定很不高兴。所以，我们把自己的零花钱凑到一起，要给你买一只可爱的黄绿鹦鹉。"

"谢谢你们的瞎操心。"九月说（她不是很有礼貌，但暹罗公主有时候彼此不太讲礼），"我有一只宝贝鸟儿给我唱最动听的歌，我不知道我究竟应该拿一只黄绿鹦鹉来做什么。"

一月抽着鼻子，二月抽着鼻子，三月抽着鼻子，实际上，所有公主都抽着鼻子，但是，这是按照应有的次序来的。当她们抽完鼻子，九月问道：

"你们为什么抽鼻子？你们是不是都感冒了？"

"唉，亲爱的妹妹。"她们说，"当这小家伙随意地飞进飞出，说他是你的是很可笑的。"她们打量着房间，把她们的眉毛抬得很高，高得额头都不见了。

"你们会生讨厌的皱纹的。"九月说。

"你可不可以告诉我们你的小鸟现在哪儿？"她们说。

"他去拜访他的岳父了。"九月公主说。

"你为什么觉得他还会回来？"公主们问。

"他就是会回来。"九月说。

"唉，亲爱的妹妹。"八月公主说，"你要是听了我们的劝告，你就不会冒这样的险了。他要是回来，你听好了，他要是回来，算你运气好，你就赶紧把他放进笼子关在那里。这是最有把握的方法了。"

"但我喜欢让他在房间里飞来飞去啊。"九月公主说。

"安全第一。"姐姐们威胁道。

她们摇着头，起身走出房间，她们让九月很不安。在她看来，她的小鸟离开很长一段时间了，她不知道他在做什么。他可能遇到什么事情了。考虑到鹰和人的圈套，你根本不知道他可能遇到什么麻烦。另外，他可能忘了她，或者喜欢上别人了；那会很讨厌；哦，她希望他再次平安回来，待在那个空空的、现成的金鸟笼里。因为自从侍女们掩埋了死去的鹦鹉，她们就把那只鸟笼留在原来的地方。

突然，九月听到耳朵后面一阵唧啾，她看到小鸟站在她的肩膀上。他悄悄进来，轻轻落下，她没听到。

"我在想你究竟怎么回事了。"公主说。

"我觉得你也在纳闷。"小鸟说，"实际上，我今晚差点回不来。我的岳父在开派对，他们都想我留下来，但我想你会着急的。"

小鸟的这番话说得很不是时候。

九月觉得她的心怦怦跳，她决定不再冒险。她举起手握住鸟儿。他很习惯这样了，她喜欢感受他的心脏在她手心噗噗噗跳得很快，而我觉得他也喜欢她暖和的小手。所以，鸟儿什么也不疑心，当她把他带到笼子那里，把他放进去，关上笼子的门，他大吃一惊，一下子不知道说什么好。但是稍稍过了一会儿，他跳上象牙栖木说：

"开什么玩笑啊？"

"不开玩笑。"九月说，"妈妈的几只猫今天晚上要出来觅食，我觉得你在这里更安全。"

"我不知道王后为什么要养那些猫。"小鸟说，很是生气。

"哦，你瞧，它们是很特别的猫。"公主说，"它们有蓝眼睛，尾巴有个结，它们是王室的一大特色，你应该明白我的意思。"

"明白。"小鸟说，"但你为什么一言不发就把我关进笼子？我不喜欢这种地方。"

"我要是不知道你是不是安全，我一晚上会一刻都睡不着。"

"好吧，就这一次，我不介意。"小鸟说，"只要早晨你放我出来就行。"

他美美地吃了一顿晚饭，然后开始唱歌。但唱到一半，他停了下来。

"我不知道自己怎么回事。"他说，"但今晚我不想唱歌。"

"好吧。"九月说，"那就睡觉吧。"

于是，他把头埋在翅膀下面，马上就睡着了。九月也睡了。但是天一破晓，小鸟高声将她唤醒：

"醒醒，醒醒。"他说，"把笼子的门打开，让我出去。趁地上还有露水，我想好好飞一飞。"

"你在这里更好。"九月说，"你有一个漂亮的金鸟笼。这是我爸爸的王国里最好的工匠做的，我爸爸很满意，他把工匠的脑袋砍下来了，这样他就再也不会做另外一个笼子了。"

"让我出去，让我出去。"小鸟说。

"我的侍女们会侍候你一天吃三顿饭，从早到晚你没什么好担心的，你可以唱到自己心满意足为止。"

"让我出去，让我出去。"小鸟说。他试图从笼子的栏杆间钻出来，但他当然出不来，他拍打笼子的门，但他当然开不了。然后，八位公主来看他。她们说九月很聪明，因为她听了她们的劝告。她们说他很快就会习惯笼子，几天后，他就会彻底忘掉自己有过的自由。她们在那儿的时候，小鸟什么也没说，但等她们一走，他又开始叫道："让我出去，让我出去。"

"别老这么傻了。"九月说，"我把你关进笼子只是因为我很喜欢你。我比你更知道什么对你更好。给我唱一首小曲吧，我会给你一块红糖。"

但是，小鸟站在笼子的一角，望着外面的蓝天，一个音符也没唱。他一整天都没唱歌。

"生气有什么好的？"九月说，"你为什么不唱歌，忘掉你的烦恼？"

"我怎么能唱？"鸟儿答道，"我想看到树木、湖泊和田里绿油油的稻子。"

"你要是想这样，我带你去散步。"九月说。

她拎起笼子出去了，她走到栽了一圈柳树的湖畔，她站在一望无际的稻田旁边。

"我会每天带你出来。"她说，"我爱你，我只想让你开心。"

"这不一样。"小鸟说，"当你透过笼子的栏杆望出去，稻田、湖泊和柳树完全不一样。"

于是，她又带他回家，给他吃晚饭。但他什么也不愿意吃。公主对此有些着急，去问她姐姐们的意见。

"你一定要坚决。"她们说。

"但他要是不愿吃东西，他会死的。"她答道。

"那就是他不领情了。"她们说，"他必须明白你只是为了他好。他要是不听话死了，那他活该，你正好摆脱他。"

九月不觉得这对她有多少好处，但她们是八个对一个，年纪都比她大，所以她一言不发。

"或许明天他就习惯笼子了。"她说。

第二天，当她醒来，她高兴地大声道着早安。没有应答。她跳下床，跑到笼子那里。她惊叫一声，因为小鸟闭着眼睛侧躺在笼子里，他看上去好像死了。她打开门，伸手进去把他捧出来。她放心地抽泣了一声，因为她感到他小小的心脏还在跳动。

"醒醒，醒醒，小鸟。"她说。

她哭了，眼泪落到小鸟的身上。他睁开眼睛，觉得周围不再有笼子的栏杆。

"除非我是自由的，不然我唱不了歌，而我要是不能唱歌，我就会死。"他说。

公主大哭一声。

"那你就自由吧。"她说，"我把你关在金笼子里，因为我爱你，想让你完全属于我。但我从不知道这会害了你。去吧。飞到湖畔的树林中去吧，飞去绿油油的稻田上空吧。我这么爱你，我要让你随你自己的意思得到快乐。"

她打开窗户，把小鸟轻轻搁在窗台上。他抖了一下。

"小鸟啊，你来去自由。"她说，"我绝不会再把你关进笼子了。"

"我会回来的，因为我爱你，小公主。"鸟儿说，"我会给你唱我知道的最美的歌。我会飞得远远的，但我总是会回来，我永远不会忘记你。"他又抖了一下。"天哪，我好僵硬。"他说。

然后，他张开翅膀飞上了蓝天。但是小公主哭了，因为把你所爱的人的快乐放在你自己的快乐之上是很困难的，而随着她的小鸟飞出视野，她突然觉得很孤独。她的姐姐们知道了这件事就嘲笑她，说小鸟再也不会回来了。但他总算回来了。他站在九月的肩膀上，吃她手里的东西，给她唱好听的歌，这是他在世界上那些美丽的地方飞来飞去的时候学会的。九月白天晚上都把窗户开着，这样小鸟想来的时候，无论什么时候他都可以进到她的房间，而这样做对她也非常好，所以她长得很漂亮。到了适当的年龄，她嫁给了柬埔寨国王，骑着一头白象一路去到他住的城市。但是她的姐姐们从不开着窗户睡觉，所以她们长得很丑，也不讨人喜欢，到了把她们嫁出去的时候，她们被分给国王的那些顾问，连同一磅茶叶和一只暹罗猫。

曼谷运河

　　当我足够强健，一位好心的朋友，他是BAT的经理，带我乘他公司的汽艇去看曼谷特有的运河。看来直到几年前，没有王室批准，任何人不得在陆地建房，房子都建在打进水边泥岸的桩子上，或是建于泊在岸边的浮船上。湄南河宽阔美丽，是该城的交通干线。溯流而上，你到处经过居于沿岸有利位置的寺院，王宫的高墙以及墙后拥挤的华丽建筑，宏伟而崭新的公共楼宇，整洁、老派、尊贵和一片绿色的英国公使馆，然后是那些杂乱的码头。你往下折入一条主要运河，这里可谓曼谷的牛津街，两旁都是船屋，上面是些面河而开的商店，人们坐着舢板来往购物。有些运河很宽，浮船泊在河流中央，因而令商店成为两列或三列。小汽船挤满乘客，是省钱的公共巴士，喷着烟雾快捷上下；就像伦敦坐着好车的有钱佬在雨天把路人溅上一身水，富有的中国佬乘着机动艇随着一道波浪飞驰，令那些独木小舟危险地摇晃。

大型驳船满载货物慢吞吞来回开动，这些船堪称运货马车，将货物运到市场，或从批发商那里运给店家。然后还有商贩，就像沿街叫卖的推车小贩，带着他们的鱼肉菜蔬坐着小船到处走动。一位妇人坐在一柄黄色的油纸伞下，轻松而有力地在给小贩们划船。最后是些行人，独自划着舢板来往，专注于某一差使，或者悠闲得像是在逛皮卡迪利大街。看到一位灰白乱发的和蔼老妇灵巧地划着独木舟穿梭河上，有条不紊地到处购物，没有看惯的人会很惊讶。小男孩和小女孩，有时候除了腰间一块破布外一丝不挂，就像孩子们跑过马路那样，划着小小的独木舟在汽船和机动船之间穿进穿出，令你奇怪他们怎么没被撞翻。船屋上的人们到处闲躺，男人多数半裸，在给自己或孩子洗澡，到处都有五六个顽童在水里蹦着。

当你顺着一条运河前行，你看到它岔出几条小溪，宽度只容一条舢板通过，你瞥见绿树以及树木掩映的房屋，它们就像伦敦一条繁忙大街岔出的僻静院落与小巷。运河变窄了，交通减少了，恰如一座大城的大街蜿蜒变成一条郊区公路，现在，偶尔只有一个船屋，像是为街坊提供各式所需的一爿杂货店；然后，两岸的树木变密了，有椰子树和果树，你只是不时发现一间棕色小屋，住着不怕孤单的某位暹罗人。植物愈来愈多，你经过的这条运河，起初是一条繁忙的街道，然后是一条不错的郊区公路，现在成了一条绿荫夹道的乡间小路。

总督夫妇

　　我乘一艘四五百吨的破旧小船离开曼谷。船上兼做餐厅的大堂又黑又脏，有两张窄台，两边摆着一溜转椅。客房在船舱内部，极其肮脏。蟑螂在地上爬来爬去，无论你的性格多么平和，当你去到洗手池洗手，看到一只大蟑螂不慌不忙地走出来，你都会吓一跳。

　　我们顺流而下，河面宽阔，河水缓慢，风光明媚，两旁的绿岸点缀着桩木支撑的水边小屋。我们穿越沙洲；蓝色宁静的大海在我眼前展开。看到海，闻到海的气息，我满心欢喜。

　　我是一大早上船的，很快发现置身我所遇到的最为古怪的一群人中间。这些人包括两个法国商人，一位比利时上校，一位意大利男高音，一位美国马戏班主和他太太，一位退休的法国官员及其夫人。马戏班主是所谓善于交际的人，根据你的心情，这类人你要么避开要么欢迎，但我正好颇为满意人生，登船一小时前，我们已在一起摇骰子喝酒了，而且他带我看了他的动物。他很是矮胖，身穿白色但不太干净的斯丁格衬衫，显得大腹便便，但是衣领很紧，令你奇怪他怎么没噎着。他有一张刮得干净的红脸，一对快乐的蓝眼睛，一头又短又乱的棕黄色头发。他的后脑勺扣了一顶破旧的遮阳帽。他叫威金斯，生于俄勒冈州波特兰市。东方人看来酷爱马戏，二十年来，从萨依德港到横滨，威金斯先生带着他的动物和旋转木马一直在东方跑来跑去（亚丁、孟买、马德拉斯、加尔各答、仰光、新加坡、槟城、曼谷、西贡、顺化、河内、香港、上海，这些地名在舌头上转得津津有味，令想象充满阳光、奇怪的声音和五彩缤纷的活动）。他过的是一种奇怪的生活，不同寻常，你可能会想，这种生活肯定有机会经历各种各样的奇特事情，但奇怪的是，他完全是个平凡的小人物，要是见到他在加州一个二流城镇开了一间修车行或是经营一家三流酒店，你不会感到出奇。实际上，我常常留意到，而且不知为何竟然总是令我吃惊的，乃是一个人的生活不同一般，并不会令他非凡，与此相反，要是一个人非凡，他会从乡村牧师那样单调的生活中创造出不同一般。在这里，我本希望自己可以适当讲讲那位隐者的故事，我是去托利海峡一个岛上见他的，他是遭遇海难的水手，一个人在那儿住了三十年。但是，当你在写一本书，你就被主题的四堵墙所限制，我现在虽然为了离题的乐趣把它写下来，但我最终应为自己的感觉所迫，即书中适合有什么不适合有什么，将之删节。不管怎样，长话短说，尽管跟自然和自己的思想有着长期的密切交流，这人最后就跟呆子一样无趣、麻木和粗俗，而他起初也肯定如此。

意大利歌手从我们身边经过，威金斯先生告诉我，他是那不勒斯人，要去香港与他的一众人会合，他因为在曼谷得了疟疾而被迫离队。他是个身躯庞大的家伙，很胖，当他猛地坐进椅子，椅子也会吱吱乱响。他摘下遮阳帽，露出一头卷曲油腻的长发，并用戴着戒指的粗短手指理着头发。

"他不是很合群。"威金斯先生说，"他抽我给他的雪茄，但不愿意喝一杯。他要是不那么古怪我倒不好奇了。这家伙样子很讨厌，不是吗？"

然后，一个穿白衣服的肥胖小女人牵着一只小猴子来到甲板上。它在她身旁走得一本正经。

"这是威金斯夫人。"马戏班主说，"那是我们的小儿子。拉把椅子来，威金斯夫人，认识一下这位先生。我不知道他叫什么，但他已经请我喝了两杯，他要是还摇不好，就会请你也喝一杯。"

威金斯夫人一副心不在焉、不苟言笑的样子坐了下来，她看着蓝色的大海，令人感到她觉得自己理应来杯柠檬水。

"哎呀，好热。"她咕哝道，摘下遮阳帽扇着。

"威金斯夫人觉得热。"她丈夫说，"她热了二十年了。"

"二十二年半。"威金斯夫人说，依然看着海。

"她还没习惯。"

"也决不会，你知道的。"威金斯夫人说。

她跟丈夫一样的身材，一样地胖，脸跟他一样地又圆又红，也是一头棕黄色的乱发。我很想知道他俩是否因为彼此酷似而结婚，还是多年来两人获得了这种惊人的相似。她没转过头，而是继续心不在焉看着大海。

"你带他看了动物没有？"她问。

"我当然有。"

"他觉得珀西如何？"

"觉得他很好。"

我不禁觉得自己太被忽略，不管怎样，这场谈话我也是话题之一，所以我问：

"珀西是谁？"

"珀西是我们的大儿子。有条飞鱼，爱默。他是猩猩。他今早吃饭乖不乖？"

"乖。他是笼子里最大的猩猩。一千块我也不卖。"

"大象是什么亲戚呢？"我问。

威金斯夫人没看我，她的蓝眼依然漠然盯着大海。

"他不是亲戚。"她答道，"只是一位朋友。"

侍者给威金斯夫人端来柠檬水，她丈夫要的是威士忌苏打，我要的是金汤力。我们摇骰子，我签了单。

"他如果老是摇输，肯定很花钱的。"威金斯夫人对着海岸线咕哝道。

"我猜埃格伯想喝一口你的柠檬水，亲爱的。"威金斯先生说。

威金斯夫人略微转过头，看着坐在她膝上的猴子。

"你想喝一口妈妈的柠檬水吗，埃格伯？"

猴子吱吱叫了几声，她搂着他，给他一支吸管。猴子吸了一点柠檬水，喝够了，就瘫回去靠着威金斯夫人丰满的胸脯。

"威金斯夫人很喜欢埃格伯。"她丈夫说，"对此你可别惊讶，他是她的小儿子。"

威金斯夫人拿起另一支吸管，若有所思喝着柠檬水。

"埃格伯很好。"她说，"埃格伯什么问题也没有。"

就在这时，一直坐着的那位法国官员站起身来到处走动。船上陪伴他的有曼谷的法国公使、一两个秘书和一位王子。他们总在鞠躬握手，船驶离码头时，帽子和手绢挥个不停。他显然是位要人。我之前听船长称他为总督先生。

"这是船上的大人物。"威金斯先生说，"他是法国一个属地的总督，现在要去周游世界。他在曼谷看过我的马戏。我想我要问问他有何观感。我该怎么称呼他，亲爱的？"

威金斯夫人慢慢转过头，看着那法国人，他衣服的扣眼里别着荣誉军团的玫瑰花形勋章，正在踱来踱去。

"什么也别叫。"她说，"给他看一个铁圈，他就会跳起来穿过去。"

我忍不住笑了。总督先生是小个子，比常人矮得多，小模小样，有一张很难看的小脸，五官很粗，差不多跟黑人一样；他有一头毛茸茸的灰白头发，两道毛茸茸的灰白眉毛，一把毛茸茸的灰白胡子。他的确有点像一条鬈毛狗，并有一对鬈毛狗那般柔和、聪明和闪亮的眼睛。等他下一次经过，威金斯先生高声叫道：

"先受（生），您喝什么？"[1]我无法再现他的古怪口音。"一小坏（杯）波图酒。"他转向我，"外国人，他们都喝波图酒。你十拿九稳。"

"荷兰人不喝。"威金斯夫人说，看了一眼大海，"他们除了荷兰金酒什么都不喝。"

那尊贵的法国人停了下来，有些困惑地看着威金斯先生。于是，威金斯先生轻轻拍着自己的胸脯说：

1　本节的楷体字表示原文皆为法文。另：威金斯先生的法语讲得蹩脚，毛姆原著虽然模仿精彩，但并无加注相关的正确用语。为了有助读者理解，括号里面的单字俱为译者添加。

"窝（我），马戏班柱（主）。您观看过。"

然后，由于我已忽略的一个原因，威金斯先生手臂呈铁圈状，比画着一只鬈毛狗跳过铁圈的动作。接着，他指了指威金斯夫人仍然抱在膝上的小猴子。

"我男婆的小女子。[1]"他说。

总督突然明白过来，他爆出一阵煞是悦耳而且很有感染力的笑声。威金斯先生也笑了。

"对，对。"他叫道。"窝（我），马戏班主。一小坏（杯）波图酒。对，对。不是吗？"

"威金斯先生讲法语讲得就跟法国人一样。"威金斯夫人告诉远去的大海。

"当然非常乐意。"总督说，仍是笑着。我拉了一把椅子给他，他对威金斯夫人鞠了一躬，坐了下来。

"告诉鬈毛狗脸，他叫埃格伯。"她看着大海说。

我叫来侍者，我们叫了一轮饮品。

"你签单吧，爱默。"她说，"那位叫什么的先生要是只摇得好一对三点，那他摇得一点都不好。"

"夫人，您懂法语吗？"总督客气地问道。

"他想知道你会不会讲法语，亲爱的。"

"他以为我是哪儿长大的？那不勒斯？"

然后，总督比画了一大通，爆出一连串很是怪异的

---

1 我男婆的小女子：法语名词分阴性阳性，但威金斯先生把儿子说成阴性，妻子说成阳性，本意应为"我老婆的小儿子"。

英语来，我需要动用自己所有的法语知识，才可明白他说些什么。

不一会儿，威金斯先生带他下去看动物了，又过了一会儿，我们聚在闷热的大堂午餐。总督夫人现身了，坐在船长右侧。总督跟她解释我们都是何人，她对我们礼貌一躬。她是一位高大结实的女人，大概五十五岁，穿了一件有些素朴的黑绸衣。她头戴一顶圆圆的大遮阳帽。她的五官大而周正，外形端庄优美，令你想起参加游行的高大女子。她应该很适合爱国巡游中的哥伦比亚女神或大不列颠女神一角。她高耸于她的小丈夫之上，就像一座摩天楼屹立于一间棚屋之上。他说个不停，活泼机智，当他说到有趣之处，她的厚重面容就绽开一大片深情的微笑。

"你真傻，先生。"她说。她转向船长，"您别理他，他就那样。"

这餐饭吃得实在有趣。吃完饭，我们分头回船舱睡觉以打发下午的暑热。在这样一艘小船上，一旦与同船的乘客相识，当我白天不待在自己的船舱，即使我不希望，也不可能不随时遇到他们。只有意大利男高音离群独处。他不与人交谈，而是一个人尽可能远地坐到船头，轻声拨弄着一把吉他，你得竖起耳朵才能听到。我们一直望得见陆地，海就像一桶牛奶。我们东拉西扯，看着一日将尽。我们一起进餐，然后又坐到甲板上星空下。两位商人在闷热的大堂玩扑克牌，比利时上校则凑进我们这一小组。他脑䐃肥胖，开口只说客气话。不久，或许为夜色所动受暗黑怂恿，感觉自己独与大海相对，意大利男高音高坐船头，伴着吉他唱起歌来，他一开始唱得很低，然后稍高，没多久，他就沉迷其中，放声高唱。他有一副真正的意大利嗓子，满是通心粉、橄榄油和阳光，他唱那不勒斯民歌，我年轻时在圣费迪那多广场听过，还唱《波希米亚人》《茶花女》和《弄臣》的片段。他唱得投入，故意有所强调，他的颤音让你想起你听过的每一个意大利三流男高音，但是，在那迷人的夜空下，他的夸张只会令你微笑，你不禁觉得心中一阵慵懒的惬意。他唱了大概一个小时，我们都沉默下来；然后，他安静了，但他没有动弹，我们看到闪亮的夜空隐约衬出他的庞大身躯。

我见到小个子法国总督一直握着他那大个子夫人的手，这一景象既可笑又动人。

"你们可知道，今天是我与太太初次见面的纪念日。"他说，突然打破显然令他难受的沉默，因为我从未遇到比他更为健谈的人，"也是她答应做我妻子的纪念日。而且，你们会觉得吃惊，这都是同一天。"

"瞧你，先生。"夫人说，"你就别用那些陈年旧事来烦我们的朋友了。你真让人受不了。"

但她说这番话时，结实的大脸一副笑容，她的语调令人觉得，她很乐意再听一遍。

"但他们会感兴趣的，我的小甜心。"他总是这样称呼妻子，而这位仪表堂堂乃至威风凛凛的女士，被其小丈夫如此称呼，听来煞是有趣。"不是吗，先生？"他问我，"这是罗曼史，谁不喜欢罗曼史，尤其这样一个夜晚？"

我让总督放心，我们都很想听，而比利时上校趁机再次客气一番。

"您瞧，我们的婚姻纯属权宜。"

"这倒是真的。"夫人说，"否认这个才蠢呢。但有时候，爱情是婚后而不是婚前才来，然后就比较好。比较长久。"

我不禁留意到总督温柔地捏了捏她的手。

"您瞧，我一直在海军，我退役时四十九岁。我身强力壮，精力充沛，很想找份工作。我到处找，我能找的门路都找了。好在我一位表兄政治上有点影响。民主政府的一大长处，就是你如果有足够的影响力，另外又能做到不知不觉，你通常就能得到应有的回报。"

"你本来就谨慎，我可怜的先生。"她说。

"不久，殖民部长召见我，给我一份某个属地的总督职位。他们想派我去的地方很偏远，但我一生都是从一个港口漂到另一港口，我根本不觉得是一回事。我高兴地接受了。部长告诉我，我必须准备好一个月内动身。我告诉他这对一个老光棍来说很容易，除了几件衣服几本书，我在世上并没有多少东西。

"'什么，我的伙计。'他叫道，'您单身？'

"'当然。'我答道，'我打算独身。'

"'要是那样，我恐怕必须收回我的提议。因为这个职位要求您必须已婚。'

"说来话长，概括说吧，因为我的前任惹出一桩丑闻，他是单身汉，让当地女子住在总督府，白人、农场主和公务员的妻子因此而有抱怨，所以决定下任总督必须是个可敬的典范。我反驳他，我跟他争论。我扼要说明我对国家的贡献，还有下届选举我的表兄可能担任的公职。

"'我如何是好？'我沮丧地叫道。

"'您可以结婚。'部长说。

"'可您看，部长先生，我一个女人也不认识。我不是爱跟女人厮混的男子，我四十九岁了。您怎么指望我找到一个老婆？'

"'再简单不过了。在报上登一个广告。'

"我不知所措，我不知说什么好。

"'好啦，仔细考虑一下吧。'部长说，'您要是能在一个月内找到老婆，您就可以去，但没老婆就没工作。这就是我的结论。'他笑了笑，他也觉得这情形有些滑稽，'您要是想登广告，我建议您登《费加罗

报》。'

"我心灰意冷走出殖民部。我知道他们要派我去的地方，我知道我很适合住在那儿，那里的气候我受得了，总督府宽敞舒适。做总督的想法我非但根本不觉得不快，而且，我除了海军军官的养老金之外一无所有，这份薪水也不可小看。突然，我拿定主意。我走进《费加罗报》报馆，拟了一则广告，交给他们插进去。但我可以告诉您，当我后来走上香榭丽舍大街，我的心跳得比我坐船出发时还厉害得多。"

总督身子前倾，感人地把一只手放在我的膝盖上。

"我敬爱的先生，您绝不会相信，但我收到四千三百七十二封回信。雪片般飞来。我本以为只有半打，我得叫一辆出租车把信带回住的酒店。我的房间堆满了信。有四千三百七十二个女人愿意分担我的孤独，做总督夫人。难以置信。她们的年龄从十七岁到七十岁。有身家清白、教养高贵的少女；有犯过一点小错、现在想过正常生活的未婚女士；有丈夫死得很惨的孀妇；有带着孩子可让我的晚年得到慰藉的寡母。她们有的金发有的黑发，有的高有的矮，有的胖有的瘦；有些能讲五种语言，有些能弹钢琴。有些要给我爱，有些渴望爱；有些只能予我相敬如宾的友情；有些很富有，有些前程似锦。我不知所措，我困惑不已。最后我发火了，因为我是一个性情中人，我站起来，踩着那些信和照片，我大声叫道：她们我一个也不娶。没希望了，我现在只有不到一个月的时间了，在这段时间里，我没法把手上的四千名候选人都看一遍。而我觉得要是不全部都看，我一生都会痛苦地想着我错过了命中注定要给我幸福的那个女人。我不抱希望只好放弃了。

"我走出满是那些照片和零乱信件的可恶房间，为了驱除烦恼，我去到街上，到和平咖啡馆坐了下来。过了一会儿，我见到一位朋友路过，他对我点头微笑。我想微笑，但内心痛苦。我意识到自己作为一位退役的海军军官，必须靠着微薄的养老金在土伦或布雷斯特度过余生。糟糕！我的朋友停住脚步，向我走来并坐了下来。

"'什么事情让你这样闷闷不乐，我亲爱的朋友？'他问我，'你可是最快乐的人啊。'

"我很高兴有人可以让我诉苦，我把一切都告诉了他。他大声笑着。我后来想过，这事或许有滑稽的一面，但那时候，我向您保证，我可不觉得有什么好笑的。我没好声气，跟我的朋友说起实情，然后，他尽量忍住笑，对我说：'但是，我亲爱的朋友，你真的想结婚吗？'我一听这话就火了。

"'你真白痴。'我说，'我要是不想结婚，而且不想在接下来的两周之内马上结婚，你觉得我还应该花上三天时间去读我从没见过的女人写来的情书吗？'

"'你冷静一下，听我说。'他答道，'我有位表妹住在日内瓦。她是瑞士人，而且，她家在国内极有名望。她的品行无可非议，年龄也适合，是个老处女，因为她十五年来都在照顾最近过世的生病母亲，她受过很好的教育，另外，她长得也不丑。'

"'听起来她好像完美无缺。'我说。

"'我没这么说，但她很有教养，适合你的要求。'

"'有一点你忘了。她凭什么要放弃她的朋友和熟悉的生活，离乡背井跟着一位四十九岁而且长得一点也不帅的男人？'"

总督先生中断他的话，转向我们使劲耸耸肩，脑袋几乎缩进双肩了。

"我很丑。我承认。我的丑陋既不令人害怕也不令人起敬，只是令人嘲笑，这种丑是最糟糕的。人们初次见到我，他们不是因为害怕而退缩（若是那样，显然还有令人高兴之处）而是大笑。听着，今天上午，当令人钦佩的威金斯先生带我去看他的动物，珀西，就是那头猩猩，伸出了双臂，要不是因为笼子的栏杆，他就把我当作一位失散已久的兄弟搂进怀里了。说真的，有一次我去巴黎的植物园，听说有头类人猿跑掉了，我急忙向出口走去，怕他们误以为我是逃跑者，把我抓起来，不由分说将我关进猴子笼。"

"瞧你，先生。"他夫人用低沉缓慢的嗓音说，

"你比平常说得更不像话了。我没说你是阿波罗，就你来说，你也没必要非得这样，但是你有尊严，你泰然自若，任何女人都会觉得你是一个优秀的男人。"

"我继续往下讲吧。当我跟我的朋友讲完那番话，他回答说：'女人从来说不准，婚姻有些东西很是吸引她们。问问她没什么坏处，毕竟，向一位女人求婚，她会视为对她的赞美。她充其量不过拒绝。'

"但我不认识他表妹，我也不知道怎样结识她。我总不能去到她家要求见她，进到客厅就说：'瞧，我来是要您嫁给我的。'她会觉得我是个疯子，会大喊救命。而且，我是一个非常胆小的人，我根本做不出这样的举动。

"'我来告诉你怎么做。'我的朋友说，'去日内瓦，替我带一盒巧克力给她。有我的消息她会很高兴，而且乐意接待你。你可以跟她聊一会儿，然后，要是不喜欢她的样子，你就告辞，什么坏处也没有。要是你喜欢，就可进入正题，正式向她求婚。'

"我很绝望。看来这是唯一可行的事情。我们马上去商店买了一大盒巧克力，当晚我坐上火车去了日内瓦。我刚到就给她去了一封信，说我替她表兄带礼物给她，很希望自己有幸亲自交给她。一个小时以内，我收到她的回复，大意为她很高兴下午四点钟见我。见她之前的那段时间，我都消磨在镜子前了，把领带反复系了十七遍。钟敲四点，我到了她家门口，马上就被领进客厅。她在等我。她表兄说她长得不难看。想想看，当我见到一位年轻女子，最终，一位依然年轻的女子，仪态高贵，有朱诺[1]的端庄，维纳斯的容貌，言谈有密涅瓦[2]的智慧，我是多么吃惊。"

"你太荒唐了。"夫人说，"但是，这些先生现在都知道你的话不能全信。"

"我向您发誓我没夸大其词。我太吃惊了，差点把那盒巧克力掉到地上。但我对自己说：士兵死也不放下武器。我呈上巧克力，我说起她表兄的消息。我发觉她和蔼可亲。我们聊了一刻钟。然后我对自己说，出击吧。我对她说：

"'小姐，我必须告诉您，我来这儿不仅是为了给您一盒巧克力。'

"她笑了，说我来日内瓦显然肯定有比这更重要的原因。

"'我来是请您惠允嫁给我。'她吃了一惊。

"'可是，先生，您疯了？'她说。

"'我求您先别回答，听我详细道来。'我打断她，在她开口之前，我把一切告诉了她。我告诉她我在《费加罗报》的广告，她眼泪都笑出来了。然后，我再

1　朱诺：罗马神话中主神朱庇特之妻。
2　密涅瓦：罗马神话中司智慧、艺术等的女神。

度提议。

　　"'您当真？'她问。

　　"'我一生还从未这样认真过。'

　　"'我得承认您的提议令我吃惊。我没想过结婚，我已过了嫁人的年龄；但是，对于您的提议，一位女人显然不该未经考虑就回绝，我受宠若惊，您让我考虑几天如何？'

　　"'小姐，我太惨了。'我答道，'可是我没时间。您要是不嫁给我，我就必须回巴黎，继续读那一千五到一千八百封还在等着我的信。'

　　"'我显然不可能马上给您答复。一刻钟以前我还没见过您。我必须跟朋友和家人商量。'

　　"'他们能做什么？您是成年人了，事不宜迟。我等不了，我一切都告诉您了。您是聪明的女人，仔细考虑对当机立断能有什么帮助？'

　　"'您不是要我现在就说行或不行吧？这太过分了。'

　　"'正是如此。几小时后我就坐火车回巴黎了。'

　　"她若有所思看着我。

　　"'您真是个疯子。为了您和大家的安全，应该把您关起来。'

　　"'好啦，哪一种答案？'我说，'行还是不行？'

"她耸耸肩。

"'我的天。'她停了一分钟，我如坐针毡，'行。'"

总督对他妻子挥挥手。

"她就在这儿。我们两个星期之后结婚，我做了那个属地的总督。我娶了一位贵人，我亲爱的先生们，一位个性最最迷人的女人，千里挑一，一位才智不让须眉、温柔善感、令人钦佩的女人。"

"你静一静吧，先生。"他妻子说，"你把我说得跟你一样可笑。"

他转向比利时上校。

"您单身一人吗，我的上校？如果是，我竭力推荐您去日内瓦。那里是最最可爱的年轻女子的温床（他用的是温床一词）。您会在那儿找到别处找不到的妻子。日内瓦还是一座迷人的城市。一刻也别耽搁，到那儿去，我会给您一封写给我妻子侄女的信。"

这个故事由她来总结。

"权宜之计的婚姻，你的期望实则较少，所以你的失望也较少。因为双方都没向对方提出毫无道理的要求，也就没有理由恼火。你不寻求完美，所以双方都能容忍对方的缺点。激情当然很好，但它不是婚姻的真正基础。看看你们，要想婚姻幸福，两个人必须能够彼此尊重，条件必须相同，兴趣必须相似；然后，两个人若

194

是正派人，愿意相互容忍，彼此迁就，他们的结合就没理由不像我们这样幸福。"她停顿片刻，"但是，当然，我先生是一位非常、非常出色的人。"

国王的腰带

　　从曼谷到柬埔寨海边的白马不过三十六小时路程，从那儿我可以去金边，然后往吴哥。白马地势狭长，面朝大海，背靠青山，是法国人为其政府官员设立的疗养地，有座大平房，住满官员及其妻室。主管是位退休船长，通过他，我弄到一辆车载我去金边。这里是柬埔寨古都，但是古迹荡然无存。它是一座法国人修建中国人居住的混杂之城，有宽阔的街道，两旁的拱廊里是些中国商店；有规整的花园，面向河流的一个码头栽着整齐的树木，就像法国一座河滨市镇的码头。酒店很大，肮脏而且矫饰，酒店外面有个露台，商人和无数的公务员可以在此喝杯餐前酒，暂时忘却自己不在法国。

　　来到这里，热情的旅行者可以参观一座宫殿，大概用了三十年的时间建成，而就在这里，世代相传的王室后裔维系着一个表面的王权。他将看到国王的珠宝，金字塔形、金光闪闪的头饰，一柄神剑，一支神矛，欧洲君主60年代送给国王的老旧奇异饰品；他可以看到一间谒见室，有一个华丽俗艳的宝座，罩着一顶白色的九重大伞；他可以看到一座寺院，整洁崭新，镀了很多金，并有镀银的地板；他要是记性好，敏于想象，他可以用各种各样的沉思来消遣，沉思王室的服饰、帝国的消亡和令人哀叹的王家艺术品味。

但他若非严肃的旅行者，而是一位愚蠢的轻浮之人，他可以用一个小故事来消遣。

从前，金边的王宫有个欢迎法国新总督及其夫人的大典，国王和所有朝臣都穿上盛装。总督夫人很腼腆，初到贵境也很新鲜，为了找话说，她赞美了君王所系的那条镶着宝石的漂亮腰带。国王为礼节和东方人的礼貌所迫，马上解下腰带送给她；但是，他那高贵的裤子正是靠那条腰带维系，所以，他转向首相，要首相把自己那条稍稍逊色的腰带给他。首相解下腰带给了主子，但他转向站在身旁的战争大臣，要他把自己的腰带给他。战争大臣转向宫廷侍从长提出同样的要求，于是，这一要求从一个大臣到另一个大臣，从一位官员到另一位官员依次下传，直到最后，有人看到一位小听差两手提着裤子匆匆跑出宫殿。因为，身为在场最不重要的一个人，他找不到可以给他一根腰带的人了。

但是，旅行者离开金边之前，有人会力劝他去博物馆看看，因为在那里，可能是他有生以来第一次，在众多乏味而普通的展品中，会看到一种雕塑流派的代表作，令他思考良多。他至少会看到一尊雕像，有如玛雅或古希腊的石雕一般美丽。但是，他要是像我一样感觉迟钝，他可能要过一阵子才会想到，他在这里意外发现了将会从此充实他的心灵的某些东西。看来，一个人可能为给自己建所小屋买了一小块地，而他后来却发现地下有座金矿。

钓钩上的鳟鱼

令访问吴哥成为异乎寻常的重大事件之一个原因——让你做好适合如此经历的心理准备——乃是去到那里非常艰难。因为，你一旦到了金边——它本身就少有人去——你必须乘一艘汽船，沿着湄公河一条沉闷迟缓的支流上行一长截，直到一个大湖；你换乘另一艘汽船，那是平底船，因为水很浅，坐上一整夜；然后，你经过一条狭窄河道，进到另一大段平静的水流。当你到达这一程的终点，又是夜晚。随后，你坐上一条舢板，在丛丛的红树林间，上行于一条弯曲的水道。月圆之夜，两岸树影明晰，你穿越的似乎不是真正的乡野，而是影绘艺人的奇妙国度。终于，你来到船夫居住的一个小小荒村，而船屋就是他们的居所。上了岸，你驱车河边，穿越椰子、槟榔和大蕉林，河流现在是条浅浅的小溪（就像儿时那条乡村溪流，星期天你常去捉小鱼，然后把鱼装进果酱罐），直到最后，月光中巨大的黑影隐约出现，你看到吴哥窟的座座高塔。

但是，由于本书写到这里，我感到沮丧。我从未见过世间有什么东西比吴哥的寺庙更为奇妙，但我不知道究竟要怎样以白纸黑字来描述它们，让即使最为敏感的读者，对于它们的壮丽，也可得到不单是混乱模糊的印象。当然，对于语言大师来说，他们以文字的声音及其纸上的形态为乐，这将是千载难逢的良机。对于华美感性、变化多端、庄严谐和的散文，这是何等的机会！对于这样的一个人，在他的长句中再现那些建筑长长的线条，在他的均衡段落中表现它们的对称之美，在他的丰饶词汇中呈现它们富丽的装饰，这将是何等的快乐！找到恰当的词汇，把它放在适当的位置，就像他见到的一大片玄武岩那样，令文句具有相同的节奏，这将令人陶醉；偶然发现不同寻常、发人深省的词语，将只有他才有天赋见到的色彩、形状与奇妙转化成另一种美，这将是一大成功。

唉，这类事情我一点天分也没有，而且——毫无疑问，因为我自己做不到——我很不喜欢别人这样。有一点点我就够了。我可以愉快地读一页罗斯金[1]，但十页只

1　罗斯金（John Ruskin，1819—1900）：英国作家与艺术评论家。

会令我厌倦；当我读完沃特·佩特[1]的一篇随笔，我知道他从鱼钩取下一条鳟鱼的时候它的感觉如何，还有它躺

1　沃特·佩特（Walter Pater, 1839—1894）：英国散文家与评论家。"为艺术而艺术"一语即出自他的著述。佩特的享乐主义哲学对王尔德影响甚大。

在岸上，在草里摆着尾巴。我钦佩佩特的这一才智，他用一小块一小块的玻璃，拼成了自己的风格镶嵌画，但它令我厌烦。他的散文就像二十年前美国常有的那些房子，全是热那亚丝绒与雕刻的木头，你拼命东张西望，想找一个角落安放你那块空白玻璃。这种堂皇文字若是我们的前人所写，我比较能够忍受。庄严的风格与他们相称。托马斯·布朗爵士的富丽堂皇令我敬畏，它好比住在一所帕拉第奥[1]式的宏伟宫殿里，顶上有维罗纳人的壁画，墙上则是挂毯。与其说它素朴家常，不如说它令人难忘。你不能想象自己在这样威严的环境里处理日常琐事。

年轻的时候，我费尽心机想要拥有一种风格，我常去大英博物馆抄下珍宝之名，以便自己的散文可以华丽。我常去动物园观察一只鹰是怎样看东西的，或是流连于出租马车的车站，看一匹马如何咀嚼，以让自己有时可以使用一个精彩的隐喻；我开列不常见的形容词，以让自己可以用在出人意料的地方。但是，这一点用处也没有。我发现自己并无此类天赋；我们并非依照自己的希望，而是依照自己的能力来写作，我虽然无比尊敬那些有幸具备这类遣词用语天赋的作家，但我自己早就

---

1 帕拉第奥（Palladio，1508—1580）：16世纪意大利建筑师，他设计的官殿、别墅与教堂强调和谐与对称之美。帕拉第奥的《建筑四书》令其建筑风格扩散于欧陆与英国。

甘于尽量写得平实。我的词汇很少，我设法以此应付，恐怕，这只是因为我看事物不太细致入微。我想，或许我是以某种激情来观察，令我有兴趣形诸文字的，不是事物的外表，而是它们予我的情感。但是，我要是能像拟一则电文那般简要直接，把这些写下来，我就心满意足了。

吴哥窟

　　在我沿河上行横渡湖泊期间，我读了法国博物学家亨利·穆奥[1]的《印支行记》，他是详细描述吴哥遗迹的第一位欧洲人。他的著作读来有趣。这些记述细致坦率，很有时代特征，彼时的旅行者依然天真相信，那些穿衣、吃饭、说话与思考跟自己相异的人非常古怪，而且不大有人性。穆奥先生讲了很多事情，就今日更老练也更谨慎的旅行者而言，这些事情几乎不能激发他们的惊讶之情。但是，他显然并非总是精确无误，我手中的这一本穆奥著作，就有一位后来的旅行者某个时候的铅笔批注。这些更正下笔坚定，字迹工整，但是，这些"并非如此""远非如此""完全错误"或"明显有

---

[1]　亨利·穆奥（Henri Mouhot, 1826—18691）：于1860年到访吴哥窟，他的旅行日记和绘图发表之后，西方才知道这一历史遗迹。1863年，柬埔寨为法国管辖。20世纪以降，法国人花了将近七十五年的时间来保护吴哥古迹，直到1972年，因为柬埔寨内战，法国考古学家才被迫离开。红色高棉统治期间，吴哥古迹幸未遭到大肆破坏。

误"的批语是否出于对真实不偏不倚的追求，希望对后来的读者有所指引，或只是出于优越感，我无法辨识。然而，或许可怜的穆奥有理由宣称自己的某一嗜好，因为旅行结束之前他快死了，并无机会更正与解释自己的笔记。以下是他最后两天的日记：

19日：发烧。

29日：可怜可怜我吧，我的上帝！……

这是他死前不久写的一封信之开篇：

琅勃拉邦（老挝）　1861年7月23日

现在，我亲爱的詹妮，我们一起聊聊吧。你可知道，当我周围的人都已入睡，我躺在蚊帐里，想起每一位家人的时候，我常常想些什么？我似乎又听到我可爱的詹妮那迷人的嗓音，再度听到《茶花女》《纳尔逊之死》或者我很喜欢听你唱的其他歌曲。想到美好的过去——啊，多么美好！——我又是懊悔又是快乐。然后，我撩开薄帐，点燃烟斗，凝望星空，轻声哼起布朗热的"佩特"或"老军士"……

画像所见，他面容开朗，一脸卷曲的络腮胡，两撇长胡须，稀疏的卷发令他的前额显得高贵。身着长礼服，他更像一位体面人物而非传奇人物，而头戴一顶垂着一丝长穗的贝雷帽，令他的神态带有一些潇洒和无邪的凶猛。他完全可以被人当作60年代一出剧中的海盗。

但是，比照现今游客可以方便到访的吴哥窟，亨利·穆奥勇猛无畏的目光所见却是大不相同。你要是真的好奇，想知道这一了不起的遗迹在修复者开工之前是什么样子（这一事实必须悄悄承认），你可以走一条穿越森林的狭窄小径，不久，你会发现一道苔藓覆盖的灰色大门，它将给你留下深刻的印象。门的上半部分，砖石废墟的四面，隐隐现出四个重复的表情漠然的湿婆[1]头像。大门两边是被丛林半掩的高墙遗迹，门前是条宽阔的城壕，长满杂草和水生植物。进到里面，你发现自己置身一个广庭，到处散布着雕像碎片和绿色的石头，你模糊辨出那些石头都是雕刻；你轻轻走在棕色的枯叶上，它们老在你脚下发出微弱的咯吱声。这里有参天大树、各种灌木和水草，它们长在坍塌的砖石间，迫使砖石裂开，而它们的根就像蛇一样在砖石的表面扭曲。庭院为荒芜的走廊环绕，你冒险爬上陡峭、滑溜与破碎的台阶，经过湿淋淋、满是蝙蝠臭味的走廊和拱形房间；

---

1 湿婆：印度教的主神之一。

神像的基座都已倾覆，神像不知所终。走廊内，露台上，热带植物疯长。到处都有巨大的石雕危险地悬着。到处都有奇迹般保存下来的浮雕，上面的舞姬罩着苔藓，好笑的是，她们放纵的舞姿恒久不变。

数个世纪以来，自然与人类的工艺开战，它将这里掩盖，毁其容貌，令其变形，而今，这些众多奴隶以大量劳力修造的建筑，都已乱七八糟躺在树木之间。这里潜伏着眼镜蛇，你可在周围的石头上见到它那破碎的形象。鹰在头顶高飞，长臂猿在树枝间跳来跳去，但是，这里又绿又暗，走在浓密的枝叶下面，你就像是漫游海底。

因为这片废墟给我一种奇特的感受，某日将近黄昏，我正徜徉这座寺庙，一阵暴风雨碰巧袭来。我看到西北方大片黑云，在我看来，这一丛林中的寺庙再神秘不过了；但是过了一会儿，我觉得空中有些奇怪的东西，抬头一看，黑云正突然冲向丛林。雨突如其来，然后雷声响起，不是轰隆一声，而是轰隆隆回响天际，令我目眩的闪电猛烈划过。这些响声震耳欲聋，令我慌乱，而闪电使我惊骇。雨并非像我们所在的温带那样落下，而是带着盛怒，一片一片倾泻，仿佛上天正在排空自己满溢的湖水。它好像不是凭着无意识的盲目力量落下，而是有所目的，唉，凭着一股太像人类的恶意。我站在一个门内，惊恐万分，当闪电像撕开面纱那样划破黑暗，我看到无边的丛林在我眼前伸延，在我看来，面对凶猛的自然威力，这些宏伟的寺庙及其神祇毫无意义。它的力量如此明显，它的声音如此严厉而坚决，令人很容易明白，人类为什么要创造神明并修建宏伟的寺庙来安置这些神明，令其在人类与威胁压制人类的那一力量之间充当屏障。因为，在所有的神明之中，自然最为强大。

野兽出没之地

　　为免以上零乱叙述令读者有点困惑，我现在要写一些普遍感兴趣的东西，让大家有所启发。吴哥是座很大的城市，是一个强大帝国的首都，丛林周围十英里，都散布着装点城市的寺庙废墟。吴哥窟只是其中之一，它最受考古学家、修复者和旅行者关注，只是因为西方人发现它的时候，它较为完整。没人知道这座城市为何突然被弃，他们发现采石场有一块准备用于未完工寺庙的石块，而专家并未找到令人可信的解释。

　　有些寺庙看来多半是被大肆破坏的；大胆的说法是，统治者某次战役失利之后逃跑了，那些世代修造这些雄伟建筑的不幸奴隶为了复仇，推倒了他们被迫用血汗建造的东西。但这只是推测。唯一确定的是，这里有一座繁荣兴旺、人口稠密的城市，而现在只剩几所荒芜的寺庙与茂密的森林。房屋为木头建造，围在小院里，就像我最近在景栋见到的那样，而要不了多久，它们就会腐朽；暂为人世所阻的丛林卷土重来，一片不可阻挡的绿色海洋，凌驾于人类徒劳活动的场景之上。13世纪末，它是东方大城之一；两百年后，它是野兽出没之地。

吴哥窟东西朝向，太阳正好从其五座高塔后方升起。它为一条宽阔的城壕所环绕，有条石板大道横跨其上，树木的倩影倒映在静静的水中。

建筑与其说美，不如说令人难忘，需要落日红光或洁白月华赋予它动人心弦的魅力。它为一层暗绿遮盖，那是苔藓的颜色和无数雨季的霉色，但是到了日落，却是淡淡与温暖的浅黄。拂晓时分，乡野沐浴在一片银色的薄雾里，这些高塔有种奇异的虚幻；然后，它们有着正午的白热光线下所没有的轻盈。一天两次，日出日落，奇迹都在上演，赋予它们自身没有的美丽。它们是高耸的灵魂堡垒，是神秘之塔。寺庙及其附属物都是根据精确规划建造。这一部分与那一部分均衡，这一边与那一边重复。设计者行使的并非创造的伟力，而是依照其宗教习俗所规定的模式来建造。他们既无恣意的奇思亦乏活泼的幻想。他们没有突如其来的灵感，他们深思熟虑。他们靠规整和巨大来产生效果。当然，现代人的眼睛，已被当今易于修建的高大楼宇如巨型酒店和公寓大楼所扭曲，所以，吴哥窟的庞大规模必须借助想象之力来领悟；但是，对于那些下令建造的人，它看上去肯定了不起。从这一层楼通往另一层楼的陡峭台阶令它显得特别高。这些台阶并非像西方那样宽阔庄严，适合列队行进的盛典，而是一种艰难匆忙的手段，用来攀升至一位隐秘之神的所在。它们令神明显得遥不可及高深莫测。每层楼有四个凹陷的大水池，池中之水用于洁净，在这么奇怪的高处，这些水必然令人心生奇异的静默与敬畏。除了特定时间信众向神献上供品，这是一个庙宇空空、神明独居的宗教场所。而现在，这是一所有着无数蝙蝠、空气中都是蝙蝠臭味的房屋；每一条黑黑走廊，每一个阴暗房间，你都听到它们喊喊喳喳。

建筑的朴实令雕匠有充足的机会来装饰。柱头、壁柱、三角墙、门口和窗户，都有种种令人难以想象的雕刻装点。主题不多，但他们就靠这些渲染出许多美丽的图案。他们在此无拘无束，凭着一股创造的激情，用内心所有的狂想填满这些狭窄的空间。行走于寺庙之间，你会有趣地留意到，历经数个世纪，这些无名工匠怎样由蛮力走向完美的优雅；他们怎样一开始不考虑整体，只为装饰而装饰，但最后总算明白要服从整体规划。他们失去了蛮力，但却得到品位；哪一样更好，人人自有答案。

走廊饰以浮雕，它们没完没了，它们举世闻名；但是，试图描述它们，就像试图描述丛林一样可笑。这里有头上撑开御伞、骑着大象的王子在优美的树林间行进；他们构成一种悦目的图案，就像一张纸上的图案一样，顺着一溜墙重复出现。那里有长列的士兵步入战场，他们的手势与步伐，与柬埔寨舞蹈中舞者的拘谨姿态一模一样。但是，他们投入战斗，动作突然疯狂起来，即使垂死或死去的人，姿势都强烈扭曲。在他们上方，酋长们挥舞剑矛，骑着大象坐着战车挺进。你感觉到激烈的动作，战斗的混乱与紧张，气喘吁吁，骚动不安，杂乱无章，而这一感觉非常奇特。每一寸空间都是人物、马匹、大象和战车，你看不清布局也辨不出图案，混乱之中，只有战车的轮子让眼睛稍微放松。你找不到一种节奏。因为画师追求的不是美，而是动作；他们很少注意优雅的姿势或纯净的线条；他们拥有的并非静谧之中回想起来的情感，而是不容限制的鲜活激情。这里毫无希腊人的谐和，只有奔涌的湍流与凶猛可怕的丛林生活。而且，也没有埃尔金大理石雕[1]那样的趣味，当你看着它们，你要是感觉不到纯粹之美给予的狂喜，你真的会觉得无趣。但是，唉，这种杰出只是昙花一现；至于其他，多半画得拙劣，图案单调。雕匠似乎安于世代因袭，你很奇怪，全然的无趣并未促使他们间或创出新花样。辛辛苦苦画出这些图案的画师，从单一中见出了诸多变化，但它们只不过像你在一篇百人抄写

---

1 埃尔金大理石雕（Elgin Marbles）：即某些雅典雕刻与建筑残件，19
世纪由英国伯爵托马斯·埃尔金（Thomas Elgin）运至英国，现藏大英博
物馆。

的散文中可能发现的那样。笔迹不同，感觉却是一样。当我漫步其间，郁闷地看着这么多无趣之物，我希望身边有位哲学家，可以跟我解释人类为何从来不能保持同一水准。我想问他，既然知道何谓最好，人类为什么竟然如此安于平庸？是不是环境——或是天才，天才之人？——将人类暂时提升到他不能轻松呼吸的高度，所以，他安于重返习以为常的平地？人类是否像水一样，可以迫使其上升到一个人为的高度，而一旦外力不再，却又恢复到本来的水准？人类的正常情形好像是文明的最低状态，正与人类的环境相符，而身在其中，他可以世代无所变化。或许，这位哲学家会告诉我，只有少数种族可将自己提升到尘埃之上，而且只能保持片刻；但即使他们也知道，这一状态不同一般，而退回只比兽类稍好的情形，他们如释重负。但是，他要是愿意解答，我还要问他人类是否不能臻于完美。可他要是说："走吧，别待在这儿讲这么多废话了，我们去吃午饭吧。"我会谦卑地接受他的邀请。我会告诉自己，他或许有静脉曲张，站了这么久，他的脚很疼。

活着的壁画

我在吴哥的最后一天到来了。要离开它，我感到痛苦，但我现在知道，不论你待多久，这是那种离开的时候总会难受的地方。这天，我又看了我看过十来次的东西，但以前从未有过如此的伤感；当我沿着那些长长的灰色走廊漫步，不时透过一道门瞥见森林，我看到的一切都有了新的美感。寂寂的庭院有种神秘，让我想在这里再流连一会儿，因为我觉得自己就快发现某一奥秘；空中仿佛有一段旋律在颤动，但是声音很低，根本听不见。寂静就像一个幽灵，似乎住在这些院子里，你要是转过头去就可见到。一如最初，我对吴哥的最后印象仍是一片寂静。看着紧紧围绕这一大堆灰色建筑的鲜活森林，阳光下茂盛明快的丛林，一片色调丰富的绿色海洋，知道我的周围曾是一座人口稠密的城市，我有一种难以名状的奇异感觉。

当晚，一众柬埔寨舞者在寺庙的露台跳舞。我们沿途有手擎百支火把的后生相伴。空气中满是用作火把的树脂那辛辣惬意的芳香。火把形成一个大圆圈，在露台上闪烁不定，圆圈中央，舞者踏着奇异的舞步。藏在黑暗中的乐师吹笛击鼓敲锣，奏出一段含糊而有节奏的音乐，令人心神不宁。我的耳朵带着一种震颤，等候我不习惯的和声到来，但却从未听到。舞者穿着色彩鲜艳的紧身衣，头戴高高的金冠。要是白天，她们看上去当然不中用；但是，在那出人意料的光线之下，她们却有一种你在东方难以见到的华美神秘。她们表情漠然，粉面苍白，有如面具。她们凝固的表情不容情感与游思搅扰。她们的手很美，十指纤细，跳起舞来，她们精巧复杂的手势令其更显优雅。她们的手就像珍稀兰花一样。她们的舞姿并不放纵。她们姿态如僧侣，动作如典仪。她们好似神灵下凡，但依然充满神性。

　　而那些手势，那些姿态，正与昔日雕匠刻在寺庙石墙上的舞姬相同。它们千年不变。在每一所寺庙的每一堵墙上重复不已，你会看到完全一样的纤指扭转，完全一样的娇躯拱曲，就像眼前活生生的舞者那般悦目。难怪不得，她们承受着列祖列宗的重负，在金冠之下这么凝重。

　　舞蹈结束了，火把熄灭了，一小众人慢慢散入黑夜。我坐在一道矮墙上，最后望一眼吴哥窟的五座高塔。

　　我回想起一两天前我看过的一座寺庙，它名叫巴戎。它令我吃惊，因为它不像我看过的其他寺庙那样单一。它由很多重叠对称之塔组成，每座塔都是一尊破坏之神湿婆巨大的四面头像。它们里里外外围成一圈，神的四张面孔上面，是一顶雕饰的王冠。正中是座高塔，重叠的面孔直到塔尖。它饱经日月风雨，长满爬藤与寄生灌木，所以，初次见到，你只看到一堆不成样子的东西，只有稍微凑近，这些沉默、严肃、漠然的面孔，才会从凹凸不平的石头中隐现。然后，你周围到处都是这些面孔。它们与你相对，它们在你身旁，它们在你身后，一千双看不见的眼睛盯着你。它们似乎是隔着太古时代的遥远距离看着你，而在你的周围，丛林疯长不已。所以，农民经过这里时，他们会突然高歌来吓跑鬼魂，也就没什么好奇怪了，因为将近夜晚，这里静得令人毛骨悚然，而那些平静却又不善的面孔异常可怕。当夜幕降临，那些面孔隐入石头，除了一堆奇形怪状、遮遮掩掩的塔楼，你什么也看不见。

但我不是因为寺庙本身而描述它——我虽然下笔踌躇，但已经描写得够多了——而是为了其中一条走廊里成列的浮雕。它们雕得不是太好，雕匠显然没什么形式感或线条感，但尽管如此，它们还是很有趣，让我记忆犹新。因为它们表现的是当时的日常生活，煮饭，烹饪，捉鱼，捕鸟，村里店铺的买卖，看医生，总之，一个淳朴民族的方方面面。令人吃惊的是，他们的这种生活千年以来少有变化。他们依然用同样的器具做着同样的事情。舂米脱粒的方式完全相同，村里的店家用一样的盘子售卖一样的香蕉和一样的甘蔗。这些刻苦耐劳之人扛在肩上的担子，跟他们世代以前的祖先所肩负的一模一样。多少世纪过去了，却没给他们留下痕迹，要是10世纪某位睡着的人，在现今一座柬埔寨村庄醒来，他会非常习惯这一朴实的日常生活。

而且，在我看来，在这些东方国度，最令人难忘、最令人惊叹的古迹，既不是寺庙，也不是要塞，也不是长城，而是人。那些依循古老习俗的农民，属于一个比吴哥窟、中国长城或埃及金字塔远为古老的时代。

高棉雕像

　　在小河河口，我再度乘上平底汽船，越过又宽又浅的湖泊，改乘另一艘船去到另一条河。最后，我到了西贡。

　　尽管法国人占领该城以来，这里成了一座中国人的城市，尽管土著在人行道上闲逛，或是头戴蜡烛熄灭器一般的宽草帽拉着人力车，西贡却完全具有法国南部一座乡下小城的氛围。它铺着宽阔的街道，并有漂亮的树木遮阴，街上熙来攘往，跟东方的英国殖民地城市那种熙攘大不相同。这是一个轻松愉快的小地方。有家歌剧院，面向一条林荫大道，白色光鲜，依照第三共和国的华丽风格而建，还有簇新的市政厅，非常宏伟，装饰华美。酒店外面是露台，喝餐前酒的钟点，那里挤满留着胡须比着手势的法国人，喝着他们在法国喝的甜腻饮料、苦艾黑醋栗酒、比赫和奎宁杜博尼酒，并用米迪[1]的

1　米迪：法国南部地区。

卷舌口音说个不停。与当地戏院有点关系的快乐小妇人衣着时髦，涂脂描眉，给这个迢遥之地带来几分矫揉造作的欢快气氛。商店里有马赛来的巴黎时装和里尔来的伦敦帽子。两匹小马拉着维多利亚马车飞驰而过，汽车的喇叭嘟嘟叫。晴空艳阳高照，阴凉处又热又闷。

西贡是个可以闲散几日的惬意之地，对于散漫的旅行者，生活在这里很是轻松；坐在大陆酒店露台的凉棚下，当头一顶吊扇，面前一杯清饮，读着本地报纸有关殖民地事务的激烈论争与邻近地区要闻，可谓非常愉快。能够安安稳稳将报纸广告读一遍，且无自己是在浪费时间的不自在，可谓非常有趣，而在这样的细读之中，不能随时找到骑着一匹木马畅游时空的机会，那你肯定是位无趣之人。但是，我只待到赶上往顺化的船为止。

顺化是越南的首都[1]，我去那儿是要看皇宫举行的中国新年庆典。不过顺化靠河，往顺化的港口则为土伦[2]。就在那儿，凌晨两点，法国轮船公司的客轮把我

1　顺化：阮氏王朝旧都（1802—1945）。1883年，法国人占领该城，将其变为法属越南的首都。1945年争取独立的八月革命，共产党人与民族主义者联手夺取顺化，迫使阮氏王朝末代皇帝退位。1954年，越南分为南北两个国家，顺化归南越，但因靠近北方，成为双方激战之地。1968年，北越和南方民族解放阵线占领顺化达二十五日。在美军和南越军队夺回顺化的战役中，该城有一万人死于战火，城内有名的历史遗迹"紫禁城"（应该就是毛姆后文提到的皇宫）严重损毁。
2　土伦：今越南港口蚬港，距顺化很近。

放了下来——那是一艘洁净舒适的白色客轮，够宽敞，够通风，够冷饮，适合热带旅行。客轮泊在湾内，距码头七八公里，我上了一条舢板。船员包括两名女子、一个男人和一个小孩。海湾很平静，头上星光灿烂。我们的船划进黑夜，码头的灯火似乎很远。船进了很多水，其中一名划桨的女子不时停下来，用一个空煤油罐往外舀水。好像要起风了，不久，他们扯起一张竹编的大横帆，但是风太小，帮不了太多忙，这一程看来要走到拂晓。在我看来，它可能永无休止；我躺在竹席上，抽着烟斗，不时沉入假寐，当我醒来，重新点燃烟斗，火柴光短暂照亮蹲在桅杆旁的两名女子棕色的胖脸。掌舵的男人简短说了一句什么，一名女子搭着腔。然后，又是一片寂静，只有我躺的甲板下微弱的水声。这天晚上很暖和，我虽然只穿一件衬衣和一条卡其裤，却不觉得凉，空气柔和得如同花朵。我们抢风在黑夜中走了一大程，然后慢慢驶向河口。我们经过下锚停泊的渔船和悄悄出港的船只。河岸很黑，神秘莫测。男人一声吩咐，两名女子将笨重的船帆降下，又开始划起桨来。到了码头，水太浅，我不得不让一名苦力背我上岸。这类事情我总是觉得既害怕又不体面，我抱住苦力的脖子，非常清楚这副模样跟自己很不相称。酒店就在街对面，苦力扛着我的行李。但才凌晨五点，天仍然很黑，酒店的人还在睡觉。苦力捶着门，终于，一位睡眼惺忪的仆役开了门。其他仆役则躺在台球桌和地上酣睡。我要了一个房间和咖啡。面包刚刚烤好，经过跨越海湾的漫长之旅，我的咖啡加牛奶还有热乎乎的面包卷很是令人愉快，这样的一餐，我可不是常有好运吃到。我被带到一个肮脏的小房间，蚊帐又脏又破，我不知道床上的被单自从上次洗了之后，有多少商务客和法国政府的官员睡过。我不在乎，我觉得自己从未以这样浪漫的方式抵达任何地方，我不禁以为，这肯定是一段难忘经历的开端。

但是，有些地方，到达就是唯一目的；它们向你保证会有最美妙的精神奇遇，可给你的只是一日三餐和去年的电影。它们就像一张脸，满是令你好奇和激动的特征，但是稍微一熟，你发现那只是庸俗心灵的一副面具。土伦就是这样的地方。

我在土伦花了一个上午参观藏有高棉雕塑的博物馆。读者可能还记得，我写到金边时，提到在那儿看到的一尊雕像，我奇怪地变得很有口才（就一位不太喜欢他人滔滔不绝而且羞于夸张之人来说）。那是一尊高棉雕像，我现在可以提醒读者（或是告诉像我一样的人，因为没来印度支那以前，我从来不知有高棉人或高棉雕塑），这是一个强大的民族，他们是印度支那原住民与来自中亚高原的入侵种族之后裔，而后者曾经建立了一个辽阔而强大的帝国。来自东印度的移民将梵文、婆罗门教和本土文化带到这里，但是高棉人强健活泼，具有创造本能，能将外来文化为己所用。他们建造了宏伟的寺庙并饰以雕塑，当然是以印度艺术为范本，但却充满东方别处所没有的充沛活力、风格鲜明、丰富多彩与奇思妙想。金边的哈里哈腊[1]雕像证明了他们的伟大天赋。它是优雅的奇迹，它令人想起古希腊的雕像和墨西哥的玛雅雕塑，但是，它自成一格。希腊那些早期作品有着晨露般的清新，可它们的美略显空洞；玛雅雕像有些原始的东西，与其说令人赞叹，不如说叫人敬畏，因为它们依然还有早期人类在阴暗的洞穴凹壁作画的痕迹，他画有魔力的图画，为的是镇住他害怕或捕猎的野兽；但是，在哈里哈腊雕像之中，你看到的却是古老与精细奇特而神秘的结合。文明人的复杂使得原始人的率真焕发活力。高棉人将久远的思想遗产用于令他突然着迷的这一工艺。这好比伊丽莎白时代的英国，油画艺术出人意料陡然兴盛，画家心中装满莎士比亚戏剧、宗教改革时期的教派冲突和西班牙无敌舰队，开始用契马布埃[2]的双手来作画。金边那尊雕像的雕匠，必定也有类似心境。

---

1 哈里哈腊：法国当局给这尊雕像代表的神祇所起的名字，令我有些困惑。我总觉得哈里和哈腊就是通常所说的湿婆与毗瑟挐，而把一神祇唤作哈里哈腊（Harihara），很像一位可敬之人叫作Crosseandblackwell。但是，因为我猜想专家比我知道得多，所以我始终用他们的命名来提及这尊雕像。（作者注）

2 契马布埃（Giovanni Cimabue，约1240—1302）：意大利佛罗伦萨画派画家，其作品结合意国拜占庭与文艺复兴早期风格，估计他曾为乔托的老师。

它简洁有力，线条优美，但也有着极其动人的精神特质。它不仅美，而且明慧。

当你想到散布丛林中的那几所荒寺和散落博物馆里的那几件残雕，它们就是这个强大帝国与这个躁动民族留下的一切，这些伟大的高棉雕塑就会令人异常心酸。他们不再有力量，他们四散而去，成为挑水劈柴之流，他们杳无踪迹；而现在，他们剩下的人被征服者同化，他们的名字只存留于他们如此奢华地创造的艺术之中。

一畦黄水仙

　　顺化是个惬意的小城，有些英格兰西部教堂城的悠闲风味，虽是国都，但不堂皇。它建于一条大河两岸，一座桥梁横跨其上，而酒店则为世上最差之一。它极为肮脏，食物很糟糕；但它又是杂货铺，供应殖民者所需的种种，从露营设备和枪支、女帽和男式成衣到沙丁鱼罐头、肥鹅肝酱和伍斯特郡酱；所以，饥饿的旅行者可以用罐头食品来弥补菜谱的不足。到了晚上，城里的居民来这里喝咖啡饮利口白兰地，要塞的军人来玩台球。法国人不怎么考虑气候与环境，为自己建造了相当惹眼的结实大屋；它们看似退休的杂货商在巴黎郊区的别墅。

　　正如英国人将英格兰带去英国殖民地，法国人也将法兰西携往法国殖民地；在这件事情上，因为岛国特质而遭责难的英国人，可以理直气壮答道，他们并不比邻国来得特殊。但是，即使最肤浅的观察者也看得出，这

224

两个国家对待属国土著的方式大不相同。法国人深信人人平等、四海一家。对此，他有点不好意思，为免你取笑，他赶紧自嘲，但他就是那样，他不能不那样；他不能不让自己将黑色、棕色或黄色皮肤的土著看成跟他一样的人，有着同样的喜怒哀乐，他无法自认为仿佛属于不同的人种。他虽然不容自己的权威受到侵犯，坚决对付土著想要减轻束缚的任何企图，但在日常事务中，他对他们友好和善，既无屈尊俯就，亦无高人一等。他向他们灌输他特有的成见，巴黎是世界的中心，每一个越南青年的抱负，就是一生之中至少看它一眼；你很难遇到一个人不深信法国之外既无文学艺术亦无科学。但是，法国人会跟越南人坐在一起，跟他一起吃饭、喝酒与玩耍。在市场里，你会看到俭省的法国女人臂挎篮子跟越南主妇推推撞撞，讲价讲得一样厉害。没人喜欢让别人占有自己的房子，即使那人操持得更有效率，比房主还会维修保养；就算主人给他装了一台电梯，他也不想住在阁楼；我并不认为越南人比缅甸人更喜欢陌生人占有他们的国家。但是，我应该说，缅甸人只是尊敬英国人，越南人则是钦佩法国人。有一天，这些民族必然重获自由，令人好奇的是，到了那个时候，这些情感之中，不知道哪一种会结出更好的果实。

越南人看上去讨人喜欢，个子很小，黄脸饱满，黑眼明亮，衣着非常整洁。穷人的衣服是沃土的棕色，一件两侧开衩的长衫和一条长裤，系着一条苹果绿或橙色的腰带；他们头戴一顶扁扁的大草帽，或是缠着一小方折得很规整的黑头巾。富人缠同样整洁的头巾，穿白色裤子与黑色绸衫，外面常常套一件黑色的蕾丝上衣。这一装束甚是优雅。

但是，虽然在这些国度，人们穿的衣服因其独特而吸引我们的眼光，可单独看来，人人穿得都一样；他们穿的是一种制服，虽然常常很有趣致，而且总与气候相合，却很少容许个人喜好；我不禁想到，一位东方国家的土著到访欧洲，看到周围令人困惑与变化多端的装束，他肯定会大吃一惊。一群东方人就像花农的一畦黄水仙，明丽然而单调；但是，一群英国人，譬如你站在逍遥音乐会[1]的楼上透过一层薄薄的烟雾俯瞰所见，则像一束各式各样的鲜花。无论在东方何处，你都见不到像皮卡迪利某个晴天那样明快多姿的装束。真可谓千变万化。军人、海员、警察、邮差、信使，男人有穿燕尾服戴大礼帽的，有穿西装戴常礼帽的，也有穿灯笼裤戴便帽的；女人身着各色丝绸、棉织与丝绒衣服，头戴各式各样的帽子。除了这些，还有不同场合与从事各种运动

1　逍遥音乐会（Promenade Concert）：演奏古典音乐，但部分听众站在门票较为廉宜、没有座位的区域聆听。

穿的衣服，有仆役、工人、车夫、猎人和侍从的装束。我想，这位越南人回到顺化，他会觉得自己的同胞穿得非常单调。

中国新年

　　越南长久为中国藩属，它的皇帝向天子进贡。它的文化是中国的，它的庙堂供奉的是孔夫子而非乔达摩。皇宫很大，为一条城壕与一道宫墙环绕。它是中国式的，却是赝品与二手货；它陈旧而有些沉闷。你途经一条栽了小树的整洁道路，两旁是些花园亭阁。但是，花园里杂草丛生；有凌乱的灌木，就像受到虐待的儿童，还有矮小的树木。它们如此荒芜，你觉得很难相信在后面某处，在你看不见的地方，为女人、太监和高官簇拥，住着一位在法国势力下虚幻地统治着国家的皇帝[1]。你觉得那是在装点门面，他维持统治几乎不费气力。你经过色彩俗艳金碧辉煌的谒见室，摆放皇帝祖宗牌位的昏暗长廊，以及陈列皇帝有时收到的礼物的房间，有法国的时钟、塞夫勒的瓷器、中国的陶瓷和玉器；但是，

1　1883年，越南成为法属印度支那一部分，但越南的君主政体依然留存。

正如你的朋友结婚，他们若非贫穷并有所需要的人，而是什么也不缺的有钱人，你反倒送他们一件更为贵重的礼物，所以，送礼者在这里的慷慨都有精明掂量。

可是，越南春节的典礼蔚为大观。这是中国新年的庆典，皇帝再度效仿天子，接受高官朝贺。我收到一封请柬，在清晨七点，尴尬地穿着礼服和硬邦邦的衬衫，与一群装束跟我相类的法国文官和很多军官来到皇宫门口。法国专员驾到，我们随他进宫。广庭之中，身穿光鲜奇异军服的士兵排列成行，他们前面是依照官阶排列的两行高官，文臣在右，武将在左。下面一点，则是太监与皇家乐队，两边各有一头盛装御象，并有一人手执一顶御伞罩住象舆。高官穿的衣服为满人样式，脚蹬白色厚底的高靴，身着华丽刺绣的广袖绸袍，头戴镂金的黑帽。号角吹响，我们这些欧洲人拥进谒见室。里面很暗，皇帝坐在台上。他身穿金袍，陷入宝座以及宝座上方华盖幕布的一片金光之中，所以乍看之下，你很难发觉有个活人在那儿。他站了起来。台上每个角落都站着一位手执御扇的蓝衣人，宝座后面站了一排深蓝衣服的仆役，拿着御用的器具，盛有槟榔的盘子、痰盂以及我说不出来的物件。稍稍靠前，两名士兵身穿华丽的橙色衣服，将一柄金剑在身前握得笔直；他们立如雕像，目不斜视。皇帝也像一尊雕像，站得纹丝不动，蜡黄的细长脸上毫无表情。

法国专员致辞，皇帝念了答辞。他的嗓音很尖，有点单调，听来就像念经。欧洲人退到大殿一侧，皇帝坐了下来。宝座前方有个矮坛，皇帝的伯父，一个灰白胡须稀稀疏疏的小老头，现在站在上面，就像两本书裹在红绸里。然后，皇帝的两位兄弟在矮坛前就位，不是面朝皇帝，而是彼此相对，与此同时，院内一直静立着聆听讲话的高官，依次上到为他们准备的竹席。他们也是彼此相对而非面朝皇帝。乐队开始演奏，歌队唱起歌来。这是表示两位王子与院内高官将要转身面对皇帝。合唱停止了，王子与高官跪了下来，前额触地。他们举动如一。皇宫门上的塔楼，一面大锣响起，歌队又开始唱歌。然后，如同训练有素的士兵，众高官齐刷刷俯伏在地。这一动作重复了五遍。皇帝漠然坐着，对此礼拜无动于衷。他就像一尊金装偶像。前天看来还是非常俗艳的谒见室，现在却因这些锦衣绣服的衬托，有了一种即使不能叫作华丽但至少可以称为粗野的壮观。随后，所有高官三鞠躬并随意散开，王子们面带微笑，与他们的法国朋友握手，抱怨穿着长袍太热，皇帝则不太体面地走下宝座。他快步走进像是前厅的地方，朝臣和外国人跟着他。那里站了两排手执御伞和各类旗杆的士兵，一队绿衣听差击着鼓吹着横笛并且起劲敲锣。甜香槟与点心、甜品和雪茄一道四处派发。没一会儿，皇帝就坐着他那又矮又圆的镀金轿子，由十二名红衣轿夫抬走了。典礼结束。

晚上我赴皇宫一个派对。皇帝和法国专员坐在谒见室中门的镀金大扶手椅上，来宾聚在周围。院子里点着无数的小油灯，一支本地乐队在起劲演奏。三个有趣的人，就跟中国戏曲中的人物一样，穿着华丽的中国服装登场，跳起一种怪诞的舞步。接着是皇家舞蹈团，很多青少年身穿美丽的老式服装，令人想起18世纪关于远东的绘画，开始载歌载舞。他们肩挑灯笼，里面是点燃的蜡烛，他们以复杂的图形走来走去，组成一个个中国字，祝愿皇帝吉祥如意。这更像操练而非舞蹈，但是效果奇特而漂亮。他们随后让位于其他舞者，男子扮成大公鸡，嘴里喷出火焰，或是扮成水牛和怪龙，他们蹦来跳去，怪相百出；最后是焰火表演，院内满是烟雾和爆竹的喧响。

本地的娱乐节目到此结束，外国人聚到自助餐那里。宫廷侍从开始用欧洲乐器演奏一曲单步舞。外国人跳起舞来。

皇帝身穿一件刺绣华丽的黄绸袍，头缠一条黄巾。他三十五岁，比多数越南人高得多，很瘦。他的脸异常光滑。他看来很是孱弱，但仪表极为高贵。派对给我的最后印象，是他随意靠着一张桌子，吸着香烟，与一位年轻的法国人聊天。他的眼光不时短暂而漠然地落在笨拙起舞的征服者身上。

夜深了，拂晓我将坐车前往河内。上床睡觉似乎不太合算，当我坐人力车回酒店，我问自己，我为何不去河上消磨剩下的夜晚。我只要及时赶回去洗个澡、换衣服并在出发前喝杯咖啡就行了。我跟人力车夫说了我的想法，他带我去到河边。桥下正好是个栈桥，我们看到五六条舢板泊在一旁。船主都在里面睡觉，但至少有一位睡得不沉，因为听我走下石阶，他就醒了，将头伸出裹着的毯子。人力车夫跟他说了，他爬了起来。他叫醒睡在船里的一位女人。我上了船，女人解开缆绳，我们滑入河中。这些船有个竹编的低矮圆篷，人正好可以在里面坐直，而船板也铺着竹席。你可以放下帘子，但我让男人把前面敞开，这样我可以看看夜色。群星在高高的天上闪耀，仿佛那儿也有一个派对。男人给了我一壶中国茶和一个茶杯。我斟了些茶，燃起烟斗。我们一路慢行，只有桨声打破寂静。想到有眼前这些时辰来享受安宁之感，我很高兴。我想，当我再度置身欧洲，关在那些石头城市里，我将多么怀念这个美好的夜晚和令人陶醉的孤独。这将是我记忆里最为永恒的东西。这是独一无二的时刻，我告诉自己，我必须把逝去的时光贮存起来。我一刻也浪费不起，我是在为自己贮存财富。我想着所有我要思考的事情，还有我要细心品味的忧郁，就像你品尝一年之中第一批香喷喷的草莓；我要想到爱，我要编故事，我要沉思艺术与死亡这类美丽的事情。船桨轻轻击着河水,我正好可以感到船在滑行。我下定决心,要留意和珍惜自己体会到的每一丝细微感觉。

突然,我感到一阵颠簸。怎么回事?我望出去,天已大亮。颠簸来自船与栈桥的相撞,桥就在我的上方。

"天哪。"我叫道,"我睡着了。"

我睡了一夜,在我身旁,茶杯里的茶早已凉了。烟斗从我嘴里掉了出来。我错过了那些珍贵的时刻,结结实实睡了几个小时。我怒不可遏。我可能再没机会在东方一条河流的舢板上度过一个夜晚了,而现在,我再不会有自己指望的那些奇思妙想了。我付了船资,依旧一身晚装,跑上台阶去到酒店。我雇的车正在门口等我。

放弃伦敦的英国人

　　我打算在此结束本书，因为我在河内没有发现令我很感兴趣的东西。它是东京[1]的首都，法国人告诉你，这是东方最迷人的城市，但你问他们为什么，答案是它跟法国城市如蒙彼利埃或格勒诺布完全一样。我为了乘船往香港而去到的海防，则是一座乏味的商业城市。诚然，从这里可以去访下龙湾，它是印度支那一大名胜[2]，但是名胜我看厌了。我安于坐在咖啡馆，因为这里不是太热，我很高兴不用穿热带衣服，读着过期的《插图杂志》，或是为了锻炼沿着宽阔笔直的街道漫步。海防有运河贯通，我有时看看多彩迷人的风景，其中有着各式各样的生活，以及水上各种类型的本地小艇。有条运河有着优美的弯道，两岸为高高的中式房屋。房子刷成白色，但已变色并有污迹；灰色屋顶与苍天相衬，形成惬

1　东京（Tonkin）：越南北部一个地区的旧称。
2　原文为德文：sehenswürdigkeiten。

意的构图。这一图画有着一幅老旧水彩画褪色的优雅。你看不到哪里有明显的色调。它柔和，略显疲惫，令人感到一丝忧郁。不知为什么，这令我想起年轻时认识的一位老处女，一位维多利亚时代的过来人，她戴黑色丝织手套，为穷人织披肩，送给寡妇的是黑色，送给已婚妇女的为白色。她年轻的时候受过苦，但是否因为健康欠佳或是单恋某人，则没人清楚。

可是，海防有份地方报纸，邋遢的一小张，字体粗短，油墨脱落，粘你一手，它登些政论文章、无线电讯、广告和本地消息。编辑显然急着想有东西报道，把来去海防的人名都登了出来，欧洲人，本国人，中国人，而我的名字也在其中。我坐船去往香港的前一天早晨，午餐前，我正坐在酒店的咖啡馆喝杜博尼酒，侍者进来说，有位先生想见我。我在海防谁也不认识，遂问那人是谁。侍者说他是英国人，就住此地，但他不能告诉我他的名字。侍者只能讲一点法语，我很难明白他说些什么。我迷惑不解，但告诉他请客人进来。不一会儿，侍者带着一位白人来了，并把我指给来客看。那人看了我一眼，向我走来。他个子很高，足有六英尺多，很是肥胖，有张刮得光生的红脸，眼睛纯是淡蓝。他穿着非常破旧的卡其短裤和领口敞开的斯丁格衬衫，头戴一顶破旧盔帽。我立刻断定他是个束手无策的流浪汉，来找我要钱，并纳闷自己能有多少机会脱身。

他走上前来，伸出一只红红的大手，指甲破裂而肮脏。

"我想你不会记得我。"他说，"我叫格罗斯利，我跟你在圣托马斯医院待过。我一看报上的名字就知道是你，我想我要来拜访一下你。"

我一点也想不起他了，但我还是请他入座，请他喝一杯。从他的外表看，我起初以为他会跟我要十个皮阿斯特[1]，而我可能给他五个，但是现在，他似乎更有可能要一百，要是给五十能够令他满足，我就应该觉得自己很幸运了。要钱老手要的总是比他指望的多两倍，他要多少你就给多少，只会令他不满，他随后会不高兴自己没有要得更多。他觉得你骗了他。

"你是医生？"我问。

"不，我在那个该死的地方只待了一年。"

他摘下遮阳盔帽，露出一头很需要梳理的灰白乱发。他脸上有些奇怪的斑点，他看来并不健康。他的牙烂得厉害，嘴角那里都是空的。侍者过来写单，他要了白兰地。

"拿一瓶来。"他说，"一瓶[2]，明白吗？"他转向我："我在这里住了五年，但我的法语不知怎么还是没长进。我讲东京话。"他仰靠椅子，看着我，"我记得

1 皮阿斯特：应为越南的货币单位。
2 原为法文。

你，你知道的。你以前常跟那对双胞胎出去。他们叫什么名字来着？我想我的变化比你更大。我最好的日子是在中国过的。气候恶劣，你知道的。对人不好。"

我还是一点也想不起他。我想最好这样问问。

"你在那儿跟我是同一年？"我问。

"对。九二年。"

"那可真是很久以前的事情了。"

每年，大约六十名年轻人进入那家医院；他们多数腼腆，对新的生活感到困惑；很多人以前从未来过伦敦；至少对我来说，他们好比莫名其妙经过一张白纸的影子。第一年，有些人因为这样那样的缘由离开了，第二年，那些留下来的人逐渐有了自我。他们不只是他们自己了，而是大家一起听过的讲座，是在同一张午餐桌上吃过的烤饼与喝过的咖啡，是在同一个解剖室同一张解剖台上做过的解剖，是在夏夫茨伯里戏院的后座一起看过的《纽约佳丽》。

侍者拿来一瓶白兰地，格罗斯利，如果他真的叫这个名字，给自己倒了一大杯，既不兑水也不加苏打，一口喝了下去。

"我受不了行医。"他说，"我不干了。家里烦了我，我去了中国。他们给了我一百镑，要我自谋生路。我可以告诉你，出去我太高兴了。我想，我烦他们就跟他们烦我一样。后来我再没怎么烦他们。"

然后，从我记忆的某个深处，一丝线索溜进了可以说是意识的边缘，就像涨潮的时候，海水冲上沙滩然后退却，并以下一波更大的浪头推进。我开始隐约想起上了报纸的某桩小丑闻。随后，我看到一位少年的面孔，往事慢慢浮现，我现在记得他了。我相信他当时不叫格罗斯利，我觉得他的名字是单音节，但我不敢肯定。他是个很高的小伙子（我看得愈来愈清楚了），很瘦，有点佝偻，只有十八岁，但很早熟，有一头卷曲发亮的棕发，五官相当粗大（现在看去没那么粗大了，或许因为他的脸又胖又肿），肤色特别鲜嫩，粉粉白白，就像女孩子的皮肤。我想，一般人，尤其是女人，会觉得他是个非常英俊的少年，但对我们来说，他只是个笨手笨脚的家伙。我记得他不常来听课，不，我记得的不是这个，课堂里有很多学生，我记不清谁来谁没来。我记得解剖室，在我旁边的另一张解剖台上，他有一条腿要解剖，他几乎没碰过它；我忘了解剖其他部位的那些人为什么说他做事马虎，我猜他们不知何故觉得他碍事。那些日子，关于此人有很多闲话，隔了三十年，我想起了其中一些。有人说起格罗斯利是个浪荡儿。他喝酒如牛饮，很会玩女人。那些年轻人多数很单纯，他们带到医院的观念都是在家里和学校养成的。有些人很古板，吓着了；其他人，那些努力工作的，瞧不起他，质疑他怎能指望通过考试；但是，他令很多人兴奋并且欣羡，他做的，正是他们若有勇气也想做的。格罗斯利有他的仰慕者，你常常可以看到一小帮人围着他，目瞪口呆，听他讲自己的冒险经历。我脑子里现在都是回忆了。很快，他不再腼腆，而是装出一副老于世故的样子。就一个脸蛋光滑、皮肤粉白的小子而言，这副样子看上去肯定可笑。男人（他们自以为是）常常彼此讲述自己的胡作非为。他简直成了一位人物。当他经过博物馆，看到一起认真温习解剖学的两个学生，他会出语刻薄。他在附近的酒馆混熟了，跟女侍应很随便。回想起来，我觉得他刚从乡下出来，离开父母和老师的看管，他是被自己的自由和伦敦带给他的兴奋迷住了。他的胡闹全无恶意，它们只是因为青春期的冲动。他昏了头了。

但是，我们都很穷，不知道格罗斯利怎样设法支付他的花天酒地。我们晓得他父亲是个乡村医生，我想我们都很清楚他每个月给儿子多少钱。这点钱是不够他给在亭子的舞会勾搭的妓女和在标准酒吧请朋友喝酒的。我们语带敬畏彼此谈论，他肯定负债累累。当然，他可以典当东西，但我们凭经验知道，一台显微镜不过换得三镑，一副骨骼模型只有三十先令。我们说，他一个星期肯定至少要花十镑。我们想的并不是太多，对我们来说，这是最大限度的奢侈了。终于，他一位朋友揭开了谜底：格罗斯利找到了一种绝妙的生财之道。我们都觉得有趣而且印象深刻。我们没人想出这么机灵的主意，即使想到，也没胆量去试。格罗斯利去了拍卖会，当然不是克里斯蒂拍卖行，而是在斯特兰德道和牛津街的私家住宅，在那里买了些便宜的小东西。然后，他拿去当铺，当个十先令或一镑，比他买的价钱要多。他一周赚四五镑，他说自己打算放弃学医并以此为业。我们没人赚过一文钱，大家都很钦佩格罗斯利。

"哎呀，他真聪明。"我们说。

"他生来就这么精明。"

"这才是百万富翁的料。"

我们都很世故，十八岁的时候，对于生活中不知道的东西，我们相当肯定那便不值得了解。遗憾的是，当考官问我们一个问题，我们太紧张，答得常常不假思索，当一位护士让我们寄封信，我们面红耳赤。众所周知，院长把格罗斯利叫去训了一顿。他威胁他如果依旧做事马虎，会有各种各样的处罚。格罗斯利愤愤不平。他说这种事情他以前在学校受够了，他不会让一个马脸太监把他视为毛头小子。见鬼，他快十九岁了，你没什么可以教他了。院长说他听闻格罗斯利酒喝得厉害。胡说。他跟他的所有同龄人一样喝得，上星期六他醉了，下星期六他还打算醉，有人要是不喜欢，他可以去做别的事情。格罗斯利的朋友们很是同意他的话，一个男人不能让自己受到那样的侮辱。

但是不幸终于降临，我现在记得很清楚它给我们所有人带来的震惊。我记得我们两三天没见到格罗斯利了，不过，他来医院的时间愈来愈没个准，所以，我们要是有所想法，我觉得大家不过说他又去找乐子了。他一两天后会再度露面，脸色苍白，但会精彩地讲起他勾搭的某个女孩子以及跟她在一起的时光。解剖课是上午九点，我们匆匆忙忙准时赶到那里。那天，大家没怎么听讲，因为课堂内很多兴奋的耳语，一张报纸悄悄传来传去，与此同时，讲师显然沉浸在自己清晰明白的语言与令人钦佩的口才之中，正在描述我不知道是人体的哪一部分骨骼。突然，讲师停了下来。他挖苦起人来文绉绉的。他假装不知道学生叫什么。

"我怕是打扰这位读报的先生了。解剖学是一门非常乏味的科学，我很遗憾皇家外科医生学会的规章责成我要求您专心致志以能通过相关考试。然而，哪位先生要是觉得受不了，他完全可以到外面继续阅报。"

那可怜的小子听了这番训斥面红耳赤，尴尬之际，他试图将报纸塞进口袋。解剖学教授冷冷看着他。

"先生，这张报纸放进您的口袋怕是大了些。"他说，"或许劳驾您把它传给我？"

那张报纸被一排一排传到教室的讲台上，这位有名的外科医生拿着它，并不满足于他给那可怜家伙带来的慌乱，问道：

"我可以问问是报上的什么东西令这位先生如此兴

趣盎然吗？"

　　给他报纸的那位学生不发一言，指着我们一直在读的那一段。教授读着，我们默默看着他。他放下报纸，继续讲课。报纸的标题为"一位医学生被捕"。格罗斯利因为将赊来的货物典当而对簿治安法庭的法官。看来这是一桩刑事案，法官将他还押监房一个星期，并不准保释。看来他在拍卖会买东西然后典当的生财之道，最后并非如他指望的那样，是个稳定的收入来源，他发现典当自己不花钱赊来的东西更为有利可图。刚一下课，我们就兴奋地谈论此事，我得承认，我们自己没财产，对于财产的神圣不可侵犯缺乏认识，大家都不觉得他罪行严重；不过，出于年轻人喜欢把事情想得极坏的天性，几乎没人不以为他会被判两到七年的劳役。

　　不知为什么，我似乎一点也不记得格罗斯利是怎么一回事了。我觉得他可能是在一个学期快完的时候被捕的，而当我们都去休假，他的案子可能又开始审理了。我不知道是治安法庭的法官处理的，还是去到审判庭了。我有一种感觉，他被判处短期监禁，可能六个星期，因为他的非法交易颇为广泛；不过我记得，他从我们中间消失了，没多久，就没人再想起他。奇怪的是，经过这么些年，这件事情的很多地方我竟然记得这么清楚。这就好比翻阅一本旧相册，我突然看到自己完全忘掉的一张照片。

当然，从这位头发灰白、红脸斑斑的肥胖老人身上，我是绝不会认出那个双颊粉红的瘦长后生的。他看来有六十岁，但我知道他肯定要年轻得多。我很想知道这些年他都做些什么。看起来他好像不是太得意。

　　"你在中国做什么？"我问他。

　　"我是海关的港口稽查。"

　　"哦，是吗？"

　　这不是很重要的职位，我小心翼翼，不让自己的语调露出任何诧异。港口稽查是中国海关的雇员，其职责是登上停靠各个通商口岸的轮船与帆船，而我觉得他们的主要工作是防止鸦片走私。他们多半为皇家海军的退役水手和退伍军士。沿着扬子江上行的时候，我在很多地方看到他们登船。他们跟领航员和机师很谈得来，但船长对他们就有点怠慢。他们的中国话说得比多数欧洲人流利，并且常常娶中国女子为妻。

　　"离开英国的时候，我发誓要挣到大钱才回去。但我从没挣到。那些年，无论找到谁做港口稽查，他们都高兴得很，我的意思是无论哪个白人，他们什么也不问。他们不在乎你是谁。找到这份工作我太高兴了，我可以告诉你，他们雇用我的时候，我差不多一文不名。这份工作我本来只当作权宜之计，但我留了下来，它适合我，我想挣钱，而我发现要是港口稽查知道怎样行事，他可以大赚一笔。我在中国海关待了二十五年，当

243

我离开的时候，我敢断定很多长官有我这笔钱会很高兴。"

他狡黠地看了我一眼，他的意思我略知一二。但是有一点我乐意确认：他要是问我要一百皮阿斯特（这笔钱我现在认了），我想我只好马上接受这一打击。

"我相信你留着这笔钱。"我说。

"我当然留着。我把所有钱都投在上海了，离开中国的时候，我全部投进美国铁路债券。安全第一是我的座右铭。我太了解那些骗子了，我不会冒险。"

我喜欢这话，所以我问他能否留下来与我共进午餐。

"我恐怕不行。午餐我吃不了多少，而且家里还等我吃饭。我想我得走了。"他站起来，在我上方耸立，"但是听我说，你今晚何不到我那里看看？我娶了一个海防姑娘，还生了个小孩。我不是常有机会跟人谈谈伦敦。你最好别来吃饭，我们只吃本地的食物，我不觉得你会喜欢。九点左右来，好吗？"

"好。"我说。

我已告诉他第二天离开海防。他向侍者要来一张纸写下他的地址。他的笔迹很吃力，就像一个十四岁的少年。

"让门童跟人力车夫说在哪里。我住二楼，没门铃，敲门就行了。好吧，一会儿见。"

他走了出去，而我去吃午饭。

吃了晚饭，我叫了一辆人力车，并让门童帮忙告诉车夫我要去的地方。我很快发现他带我沿着弯弯曲曲的运河前行，两岸的房屋我觉得很像一幅褪色的维多利亚水彩画；他在一幢房屋前停下来，指了指门。这房子很破旧，周围很脏，我踌躇不前，想他是否走错地方了。格罗斯利似乎不太可能住在这么本地的街区和这么破烂的房子里。我让人力车夫等着，我推开房门，看到前面有道黑黢黢的楼梯。四周无人，街道空空。就跟凌晨一样。我划了一根火柴，摸索着上了楼梯，到了二楼，我又划了一根火柴，看到前面一道棕色大门。我敲了敲门，很快，一个小小的东京女人拿着一支蜡烛开了门。她穿着草根阶层的土褐色衣服，头上紧紧缠了一条小黑巾；她的嘴唇及其周围的皮肤都被槟榔染红，当她张嘴说话，我看到她的牙齿和牙床都是令这些人变得很难看的黑色。她用土话说着什么，然后，我听到格罗斯利的声音：

"进来吧。我正想你不会来了。"

我经过一间又黑又小的前厅，进到一个面朝运河的大房间。格罗斯利躺在一把长椅上，当我进去，他站起身来。借着身旁桌上的一盏煤油灯，他正在读香港报纸。

"坐吧。"他说，"把你的脚放上去。"

"我没理由坐你的椅子。"

"快坐。我坐这个。"

他拉过一把餐椅坐在上面，把脚对着我的脚放着。

"那是我老婆。"他用拇指指着跟我进来的东京女人说，"小孩在那边角落里。"

我顺着他的目光望去，看到一个小孩正在睡觉，他靠着墙，躺在竹席上，盖了一床毯子。

"醒了是个活泼的小家伙。我希望你能看到他。她又快生了。"

我看了看她，显然如他所说。她很瘦小，小手小脚，她的脸是扁的，皮肤灰暗。她看起来闷闷不乐，但可能只是害羞的缘故。她走出房间，不一会儿，拿来一瓶威士忌、两个玻璃杯和一瓶苏打水。我打量着四周。后面有道未上漆的暗色木隔板，我猜是隔开另一个房间，隔板当中钉了一幅报上剪下的约翰·高尔斯华绥像。他看去严肃，温和，一副绅士派头，我很纳闷他在这儿做什么。另一面墙刷成白色，但又黑又脏。墙上钉着《图画》或《伦敦图画新闻》的画页。

"我贴的。"格罗斯利说，"我觉得这些画让这里看上去像个家。"

"你为什么贴高尔斯华绥？你读他的书？"

"不，我不知道他写书。我喜欢他的脸。"

地上有一两个破旧的藤垫，一个角落里放了一大摞《香港时报》。家具只有一个脸盆架，两三把餐椅，一两张桌子，一张本地式样的柚木大床。房内阴沉邋遢。

"这小地方不坏，不是吗？"格罗斯利说，"很适合我。我有时候想搬，但我现在不想了。"他轻声一笑，"我到海防本来只待四十八个小时，但我在这儿已经五年了。我其实是顺道去上海的。"

他沉默下来。我无话可说，也不出声。然后，东京小女人对他说了句什么，她的话我当然不明白，而他回答着。他又沉默了一两分钟，但我觉得他看着我，仿佛想问我什么话。我不知道他为什么犹豫。

"你在东方旅行的时候，有没有试过抽鸦片？"他终于随意问起。

"有，我抽过一次，在新加坡。我想看看是怎么回事。"

"结果呢？"

"说实话，不是太令人兴奋。我觉得自己会有最美妙的感觉。我期待幻觉，就像德昆西那样，你知道的。我唯一感到的是一种身体的安乐，就跟你洗了土耳其浴躺在冷却房里的感觉一样，然后头脑特别活跃，所以想什么事情似乎都极为清晰。"

"我明白。"

"我真的觉得二加二等于四，这绝对不容置疑。但是第二天早晨——哦，上帝！我头昏脑涨。我太不舒服了，一天都不舒服，吐得一塌糊涂，吐的时候，我痛苦地告诉自己：还有人说这很有趣。"

格罗斯利靠在椅子上，郁闷地低声笑了笑。

　　"我想是货色不好。要么你抽得太猛了。他们见你是个生手，给你抽过的残渣。这足以让任何人呕吐。你现在想再试试吗？我这里有些好货。"

　　"不，我想一次对我来说足够了。"

　　"我要是抽一两筒你介不介意？这种气候你是需要它的，它让你不得痢疾。这个时候我通常会抽一点。"

　　"你抽吧。"我说。

　　他又对那女人说话，她抬高嗓门，声音沙哑喊着什么。木头隔板后面的房间传来一声应答，过了一两分钟，一位老妇拿着一个小圆盘出来了。她干瘪年老，进来的时候，有着污渍的嘴巴对我讨好一笑。格罗斯利站起身，跨过去上床躺了下来。老妇将盘子放在床上，盘里有盏酒精灯、一杆烟枪、一枚长针和一小圆盒鸦片。她蹲坐在床上，格罗斯利的妻子也上了床，把脚蜷在身下坐着，背靠着墙。格罗斯利看着老妇，她把一小粒药丸穿在针上，拿到火上烧得哧哧响，然后把它塞进烟枪。她把烟枪递给他，他长吸一口，把烟憋了一小会儿，随后喷出一道灰白的浓雾。他把烟枪还给她，她又开始烧另一筒。没人说话。他接连抽了三筒，然后躺了回去。

　　"的确，我现在感觉好些了。我刚才觉得累极了。这个老巫婆，她的烟烧得真好。你真的不来一口？"

"真的。"

"随你，那喝点茶吧。"

他跟妻子说了，她溜下床，走出房间。不一会儿，她拿来一个小小的瓷茶壶和几个中式茶杯。

"这里很多人都抽，你知道的。你要是抽得不过量就没坏处。我一天抽的从不超过二十到二十五筒。你要是给自己限定这个量就可以持续很多年。有些法国人一天抽到四十或五十筒。这太多了，我从不那样做，除非有时我想放纵一下。我敢说我从未觉得有什么坏处。"

我们喝着茶，茶很淡，略有香味，口感清爽。然后，老妇给他烧了一筒又一筒烟。他妻子回到床上，很快就蜷在他的脚下睡着了。格罗斯利一次抽两三筒，抽烟的时候，他似乎心无旁骛，但一会儿又很健谈。我几次暗示要走，可他不让我走。时间慢慢过去了。他抽烟时，我有一两次在打瞌睡。他告诉我他的一切，他讲个不停。我只是为了暗示他才出声。我没法把他告诉我的用他自己的话讲出来。他翻来覆去，他很啰唆，他给我讲的故事杂乱无章，先是后面一小段，然后是之前一小段，所以我得自己排列顺序；我发觉，有时候他害怕自己说得太多，将有些事情隐瞒起来；有时候他撒谎，我得从他的微笑或眼神来猜测真相。他没什么语言来描述自己的感受，我得透过俚俗的暗喻和老一套的粗话来推测他的意思。我不断问自己他究竟叫什么名字，它就在我的嘴边，恼火的是，我想不起来了，虽然我也不知道这跟我有什么关系。他一开始有些怀疑我，我觉得他在伦敦的胡闹与他蹲监狱的事情，这些年来是个令他苦恼的秘密，他总是害怕有人迟早会发觉。

"有趣的是，即使现在，你竟然还想不起我在医院。"他说，机灵地看着我，"你的记性肯定糟透了。"

"真该死，差不多三十年了。你要想到那以后我见过成千上万的人，我没理由比你记得我还要记得你吧。"

"那是。我想也是。"

他似乎安心了。终于，他烟抽够了，老妇给自己烧了一筒烟抽着。然后，她去到小孩躺的竹席上蜷在一旁。她一动不动，我猜她倒床就睡着了。当我终于离开，我发现人力车夫蜷在人力车的踏板上睡得很熟，我只得把他摇醒。我认得路，我想透透气活动一下，所以给了他几个皮阿斯特，告诉他我想走一走。

我带走的是个奇怪的故事。

格罗斯利讲他在中国的二十年，我听得有点惊恐。他挣到钱了，我不知道有多少，但从他说话的样子，我应该想到大概有一万五到两万镑，对于一个港口稽查来说，这是一大笔钱。他不可能老老实实挣到这笔钱，他的交易具体如何我所知甚少，但我从他的突然沉默，从他会意的一瞥和暗示猜测，他要是觉得值得的话，卑鄙的交易他也不会犹豫。我想没有比走私鸦片更让他有利可图的事情了，他的职位给了他机会来安全地获利。我相信他的上司经常怀疑他，但从未找到可以用来处置他的渎职证据。他们满足于把他从一个港口调到另一个港口，但他不受干扰；他们盯着他，可他太机灵。我看得出来，他既害怕告诉我太多他的丑事，又想夸耀自己的精明。他很得意中国人信任他。

"他们知道可以信任我。"他说，"这让我有机可乘。我一次也没有出卖过中国佬。"

他以自己是个老实人而沾沾自喜。中国人发现他喜欢古玩，他们常常送他一些，或是把东西带来让他买；他从不过问来历并廉价买进。当他买得够多了，他就送到北平去卖个好价钱。我想起他是怎样靠买拍卖品然后典当来开始商业生涯的。二十年来，凭着卑鄙手段和小聪明，他一镑一镑累积，他赚的每一分钱都投到上海。他过得悭吝，把一半薪水攒起来；他从不休假，因为他不想浪费自己的钱，他不愿和中国女人有什么关系，他想让自己免于纠缠；他滴酒不沾。他一心想着一个目标，攒够钱就可以回英国，过他少年时代想过的生活。那是他唯一想要的东西。他在中国仿佛梦游，他不关心周围的生活，它的多彩与奇妙，它可能有的乐趣，对他来说毫无意义。他的眼前总是有伦敦的幻影，标准酒吧，他站着，脚搁在栏杆上，帝国与亭子的舞会，勾搭来的妓女，综艺戏院里半庄半谐的演出，快活剧场的歌舞喜剧。这才是生活、爱情与冒险，这才是浪漫，这才是他一心向往的东西。这些年来他过得像个隐士，想着可以再过庸俗生活的那个目标，这的确令人印象深刻。他的性格由此可见。

"你瞧。"他对我说，"即使可以回英国休假，我也不愿回去。我想一劳永逸地回去，然后，我想过时髦生活。"

他看到自己每晚穿着晚装纽扣眼里插一朵栀子花出门，他看到自己身穿大衣头戴棕帽肩挂一副歌剧眼镜去看德比赛马[1]。他看到自己打量那些女人并挑出一己所好。他决心在抵达伦敦的那晚喝醉，他二十年没醉过了；他的工作让他醉不起，他得保持清醒头脑。他要小心别在回国的船上喝醉，他要等到了伦敦才喝。他将有一个多么美好的夜晚！他想了二十年了。

我不知道格罗斯利为什么离开中国海关，要么这地方他待不下去了，要么他的工作到期了，要么他攒够钱了。不过，他终于启程了。他坐的是二等舱，他打算到了伦敦才开始花钱。他在哲麦街[2]住了下来，他一直想住那儿，他直接去到一家裁缝店，给自己定做了一套衣

1　德比赛马（Derby）：为英国传统赛马之一，每年6月举行。
2　哲麦街（Jermyn Street）：多男士用品店，声名远扬。

服。一流。然后，他在城里转了转，跟他记得的不一样了，交通更繁忙了，他觉得困惑，有些茫然。他去了标准酒吧那里，发现他常常闲坐饮酒的酒吧不见了。莱斯特广场有家餐馆，他有钱的时候常在那儿吃饭，但他找不着，估计拆掉了。他去到亭子，但那里没女人；他很烦，又去帝国，发觉舞会也没了，这简直当头一棒。他不是太明白。唉，不管怎样，二十年的变化他必须有所准备，要是做不了别的事情，他还可以醉酒。他在中国得过几次热病，因为气候的变化又复发了，他感觉不太好，四五杯下肚，他乐得上床睡觉。

　　这是第一天不过接踵而来的很多事情之一斑。一切都不对劲。当格罗斯利告诉我一桩又一桩事情如何令他失望，他的声音变得愤愤不平。老地方没了，人不一样了，他发觉很难交上朋友，他异常孤独；他从未想到在伦敦这样的大城市会是这样。问题在于伦敦变得太大，不再是90年代早期那个快活宜人之地，它四分五裂了。他勾搭了几个女子，但她们不如他以前认识的那么好，她们不像从前那么有趣了，而他隐约感到她们觉得他是个古怪的家伙。他不过四十出头，她们却把他看成老人。当他试图跟站在酒吧周围的很多小子交朋友，他们却不睬他。不论如何，这些小子并不知道怎样喝酒。他愿意喝给他们看。他每晚都喝醉，在那个该死的地方，这是唯一可做的事情，但是，啊，他第二天很不舒服。

他觉得那是因为中国的气候。他做医学生的时候，每晚可以喝一瓶威士忌，早晨依然精力充沛。他开始常常想起中国了。他想起自己从未觉得有所留意的种种事情。他在那儿过得不坏，或许远离那些中国女子太傻了，她们有些人小巧可爱，她们不像这些英国女子那样装腔作势。你只要有他这笔钱，就可以在中国过得很快活。你可以养个中国女子，加入俱乐部，会有很多不错的朋友一起喝酒、玩桥牌和打台球。他想起中国的商店，吵闹的街道，负重的苦力，停着帆船的港口，还有岸上耸立着宝塔的河流。有趣的是，他在那儿的时候从未怎么想过中国，而现在——好，他心里放不下了。他念念不忘。他开始觉得伦敦不是一个白人待的地方。它简直没落了，就是这样，有一天他想，或许他回中国是件好事。当然这很傻，为了能在伦敦过上好日子，他像奴隶一样工作了二十年，而去中国住却很荒唐。有他这笔钱，他应该哪里都可以过得快活。但不知为什么，除了中国，别的事情他没法考虑。有一天，他去看电影，看到上海的一个场景。事情就这样定了。他烦了伦敦，他恨它，他要离开，而这一次，他会一去不复返。他回国一年半了，对他来说，这比他在东方的二十年还要长。他坐上一艘法国船从马赛启航，当他看到欧洲的海岸沉入大海，他松了一口长气。到了苏伊士，他感受到了东方的第一阵气息，他知道自己走对了。欧洲完了，东方是唯一去处。

他在吉布提上过岸，在科伦坡和新加坡也上过岸，但是，船虽然停靠西贡两天，他却留在船上。他一直都喝得很多，觉得有点不舒服。不过，船到海防要停四十八个小时，他想还是上岸看看的好。抵达中国之前，这是最后一站停留。他要去上海。到了那里，他打算住进一家酒店，到处看看，然后找个女人，并给自己找个住处。他要买一两匹马来参加赛马。他很快就会交到朋友。人在东方，不像在伦敦那样死板冷淡。上了岸，他去酒店吃饭，吃完饭，<u>坐上一辆人力车</u>，告诉车夫他想找个女人。车夫带他去到我坐了好几个小时的那所破旧房子，里面住着那位老妇和那名女子，现在则是他孩子的母亲。过了一会儿，老妇问他想不想抽烟。他从未抽过鸦片，他总是害怕这东西，但现在他觉得不妨一试。那晚他觉得很愉快，那女子惹人怜爱；她很像中国女人，小巧可爱，就像一个玩偶。好，他抽了一两筒，他开始觉得很快活很舒服。他待了一夜。他没睡觉，他只是躺着，感觉很平静，想着事情。

"我在那儿一直待到我的船去香港。"他说，"船开了，我还待着。"

"那你的行李呢？"我问。

我这么问，或许因为我对于人们如何将切实的细节与生活中理想的一面结合起来有着不应有的兴趣。在一本小说中，当不名一文的情侣驾驶一辆又长又快的赛车翻山越岭，我总想知道他们怎样设法支付这笔钱；我经常问自己，当亨利·詹姆斯笔下的人物剖析自己的处境之余，他们怎样应付自己的生理需求。

"我只有一箱衣服，我从来不想多买衣服，我和那女人坐人力车去拿箱子。我只想待到下一班船到来。你瞧，我在这儿离中国很近，继续往前之前，我想我要等一等，习惯一下，你应该明白我的意思。"

我明白。最后这句话泄露了他的想法。我知道到了中国门口，他没勇气了。英国令他这么失望，他现在害怕把中国也拿来接受考验。要是这也令他失望，他就一无所有了。多年来，英国就像沙漠中的海市蜃楼，但是当他屈从这一诱惑，那些闪亮的池塘、棕榈树和绿草都是空的，只有起伏的沙丘。他有中国，只要他不再见到它，他就拥有它。

"不知为什么，我留下来了。你知道的，你会惊讶日子过得有多快。我似乎没时间做我想做的一半事情。我在这里毕竟很舒服。这老太婆烟烧得真好，而她则是个可爱的小女人，我女人，然后有了小孩。一个活泼的小家伙。你要是在某个地方过得快乐，去别的地方有什么好呢？"

"你在这儿快乐吗？"我问他。

我打量着这间又大又空的破屋。房内毫不舒适，没有一件小小的私人物品令人觉得可以给他家的感觉。格罗斯利原封不动住进了这间暧昧的小公寓，它本是幽会之所和欧洲人吸鸦片的地方，并由那位老妇打理，而他与其说是居住，不如说是暂住，仿佛第二天他还会打点行李离开。过了一会儿，他回答了我的问题。

"我一生从没这样快乐。我常想，总有一天我要去上海，但我觉得我不会去了。老天在上，我再也不想见到英国了。"

"有时候你会不会很孤独，想找人说话？"

"不会。有时候，一个中国流浪汉跟一位英国船长或一位苏格兰技师来这里，然后我去船上，我们聊聊从前。这里有位老兄，是个法国人，在海关做过，他讲英语，我有时去看看他。不过，我其实不太需要谁。我想很多事情。有人打岔，我会心烦。鸦片我抽得不多，你知道的，我只是早上抽一两筒安安胃，但我要到晚上才真正抽。然后我会想事情。"

"你想些什么呢？"

"哦，什么都想。有时候想伦敦，我小的时候它什么样子。但多半是想中国。我想我有过的好日子，我是怎样挣钱的，我想我从前认识的人，还有中国人。我有时很险，但总是平安无事。我想知道我可能有的女人是什么样子。小巧可爱。我现在后悔自己没养一两个。中国这国家了不起，我喜欢那些商店，有个老头蹲着抽水烟，还有那些店招。寺庙。的确，那才是一个人住的地方，那才是生活。"

幻影在他眼前闪耀。幻觉将他抓住，他很快乐。我很想知道他最后会怎样。当然，这还没完呢。或许，他一生中第一次将现在掌握在自己的手中。

犹太商人埃芬贝因

　　我乘一艘小破轮从海防前往香港，船顺着海岸航行，沿途停靠法国属下的各个港口装货卸货。这船很旧很脏，除了我只有三位乘客，其中两位是去海南岛的法国传教士。一个年长，有一大把方正的灰白胡须，另一个年轻，有张圆圆的红脸，长着一小丛一小丛的黑胡须。他们多数时间在读祈祷书，年轻那位在学中文。另一位乘客是美国犹太人，名叫埃芬贝因，是跑袜品生意的。他个子很高，体格强壮，举止笨拙，有张蜡黄的长脸，端正的大鼻子，黑黑的眼睛。他的嗓音又高又尖。他咄咄逼人，脾气暴躁。他骂这船，骂船员，骂侍者，骂食物。他什么都不满意。你始终听到他的嗓音因为生气而抬高，因为他的展品箱没有放在应该放的位置，因为他不能洗热水澡，因为苏打水不够凉。他是个愤愤不平的人。每个人似乎都在密谋怠慢或伤害他，他不停威胁要给船长或船员精确的一击。因为我是船上唯一讲英语的人，他很喜欢我，我在甲板上安静不到五分钟，他就会过来坐在我的身旁，告诉我他最新的不满。他强迫我喝我不想喝的东西，当我谢绝，他则叫道：哦，来吧，够朋友些。还是给我叫上一杯。令我不解的是，他不停称我为兄弟。他很讨厌，但我必须承认，他常常很逗，他会用生动的语言损他的犹太同胞，听来煞是有趣。他讲个不停。他一点也不喜欢一个人待着，他从未想到你可能不想有他做伴；但是当他跟你在一起，他老在留神你是否冒犯了他。他重重地伤害你的感情，你要是随意蜷起腿，他觉得你在侮辱他。跟他交往太累了。他是那种让你理解大屠杀[1]的犹太人。我给他讲了有关和会的一则小故事。说的是在某一场合，帕德雷夫斯基[2]先生敦促威尔逊[3]先生、劳埃德·乔治[4]先生和克列孟梭[5]先生接受波兰对但泽的主权要求。

1　大屠杀（pogrom）：帝俄时代对犹太人的大屠杀。毛姆此书写于二战爆发之前，他提到的大屠杀并非纳粹德国对犹太人的大屠杀（Holocaust）。

2　帕德雷夫斯基（Ignace Jan Paderewski, 1860—1941）：波兰政治家、作曲家和钢琴家，为波兰共和国首任总理（1919—1921），并领导波兰流亡政府（1940—1941）。

3　威尔逊（Thomas Woodrow Wilson, 1856—1924）：第二十八届美国总统（1913—1921），率领美国代表团参加巴黎和会。

4　劳埃德·乔治（Lloyd George, 1863—1945）：英国首相（1916—1922），为巴黎和会"四巨头"之一。

5　克列孟梭（Georges Clemenceau, 1841—1929）：法国政治家，两度出任法国总理，对凡尔赛条约的起草贡献甚大。

"要是波兰人没得到它，"帕德雷夫斯基说，"我警告你们，他们会很失望，会有暴动，他们会暗杀犹太人。"

威尔逊先生显得很严肃，劳埃德·乔治先生摇着脑袋，克列孟梭先生皱起眉头。

"要是波兰人得到但泽，那会怎样？"威尔逊先生问。

帕德雷夫斯基先生面露喜色。他摇着狮子般的长发。

"哦，那就完全另一码事了。"他答道，"他们会很狂热，会有暴动，他们会暗杀犹太人。"

埃芬贝因一点也不觉得这个故事好笑。

"欧洲没用。"他说，"要是照我的方法，我会把整个欧洲沉入大海。"

然后，我跟他讲了亨利·德利斯。他生为卢森堡大公国国民，经过慎重考虑，他成了一位到处旅行的推销员。[1]这也没让他发笑，为了交情，我叹口气不出声了。我们必须听从百分之百的美国看法，英国人没有幽默感。

吃饭的时候，船长坐在首席，两位神父坐一边，我和埃芬贝因坐另一边。

船长是位快活的波尔多人，小个子，头发灰白，年底就要退休回自己的葡萄园酿酒去了。

1　卢森堡为弹丸小国，在该国做四处旅行的推销员显然可笑。

"我的神父，我会送您一桶。[1]"他向年长的神父允诺。

埃芬贝因的法语讲得流利而蹩脚，他抢占话题。他可谓精力充沛。法国人对他很客气，但不难看出他们很讨厌他。他的很多话简直不长心眼，当他用污言秽语与正在服侍我们的侍者说话，两位神父眼光低垂，装着没有听见。但是埃芬贝因爱争辩，有一天吃午饭，他开始谈起宗教。他谈了对天主教信仰的很多看法，当然很不得体。年轻的神父满脸通红，想要发表意见，年长那位小声对他说了些什么，他于是安静下来。但是，当埃芬贝因直截了当问起一个问题，老人婉转答道：

"这些事情并无强迫。人人都有自由相信他喜欢的东西。"

埃芬贝因慷慨激昂讲了一大通，换来的却是一片沉默。他不觉得窘迫。他后来告诉我，他们没法跟他争论。

"我觉得他们不想。"我说，"我想他们只是觉得你是一个很粗俗和没礼貌的家伙。"

"我？"他惊叫道。

"他们根本不会得罪人，他们把自己的生命献给他们服务的上帝，你为什么要无端侮辱他们呢？"

"我没侮辱他们。作为一个有理性的人，我只是提

1　原为法文。

出自己的观点。我想引起一场争论。你觉得我伤害了他们的感情？为什么，我绝不会那样做，兄弟。"

他的惊讶如此率直，我笑了。

"你嘲笑他们视为最神圣的东西。他们大概认为你是一个很无知和没教养的人；另外，我猜他们觉得你试图有意侮辱他们。"

他很沮丧。我真的觉得他以为自己是在开玩笑。他看着坐在一个角落里读祈祷书的老神父，向他走去。

"神父，我这位朋友说我的话伤害了您的感情。我从未想过这样做。要是我说的什么话冒犯了您，请您原谅我。"

神父抬起头来，笑了。

"别说了，先生，没关系。"

"我想我怎么也得弥补一下，神父，您要是允许，我愿意捐一笔钱给您做救助穷人的资金。我有很多皮阿斯特，我没时间在海防兑换，您要是收下，您就是帮了我的一个忙。"

神父尚不及答话，他已从裤袋里掏出一卷钞票和一把银币放在桌上。

"您太慷慨了。"神父说，"可这是一大笔钱啊。"

"收下吧，我拿着没用，我要是在香港把它变成有用的钱，兑换的时候我只会损失。您收下就是帮了我的忙。"

　　那的确是一笔可观的数目，神父看着钱，有些尴尬。

　　"我们的教区很穷，我们将感激不尽。我真不知道怎样谢谢您，我不知道我能做些什么。"

　　"唔，我是个不信神的人，神父，但您下次祈祷的时候要是愿意想起我，我想对我没什么坏处，而您要是愿意把我母亲的名字加进去，她叫瑞秋·奥博梅尔·卡翰斯基，我想我们就谁也不欠谁了。"

　　埃芬贝因动作迟缓地回到我坐的桌旁，跟我的咖啡碰了碰，喝了一杯白兰地。

　　"我跟他没事了。我只能这样做了，不是吗？听着，兄弟，我有个箱子里有很多男式袜带，你跟我下到我的舱里，我要送你一打。"

　　他跑一趟生意是从巴达维亚[1]到横滨，二十年来他一直在跑，一会儿是这家公司，一会儿又是那家公司。

　　"告诉我。"我说，"你肯定认识非常多的人，你对人类有什么看法？"

　　"我当然会告诉你。我认为他们太好了，每个人对我的关心会让你吃惊。你要是生病或遇到类似的事情，素不相识的人会像你的母亲那样照顾你。白种人、黄种人或黑种人都一样。他们为你做的事情令人吃惊。但是

1　巴达维亚（Batavia）：印尼首都雅加达的旧称。

他们很蠢，他们太蠢了。他们跟萝卜一样没多少头脑。他们甚至不能告诉你自己家乡的路怎么走。我给你概括一下我对人类的看法吧，兄弟：他们的心地处在正确的位置，但他们的脑袋完全是个不称职的器官。"

　　这真可谓这本书的结尾了。